マドンナメイト文庫

年上の人 教えてあげる

雨宮 慶

目次

contents

年上の人　教えてあげる

1

水平線に沈みかけた夕陽が周りの空と海を赤く染め、浜でじゃれ合っている二頭の犬が黒いシルエットになって見えている。

智彦(ともひこ)はふと、映画のロマンティックなシーンの中にいるような気分になった。

瑛子(えいこ)と一緒にいるだけで胸がときめいているせいだった。

この胸のときめきは、今日にかぎったことではなかった。

瑛子と初めて出会った日から、まるで〝ときめき病〟にでもかかったような状態に陥ってしまっていた。

それも瑛子と一緒のときだけではなかった。ひとりでいるときもしょっちゅう瑛子のことを思い、そのたびに甘酸っぱいような胸のときめきに襲われるのだった。

智彦は思ったものだ。

——これって、マジに初恋なのかも……。

十六歳になるまで、同じ年頃の女の子を好きになったことはなんどかあった。みんな片思いだったけれど、こんな気持ちになったのは初めてだった。

ただ、智彦は戸惑ってもいた。相手の瑛子が自分よりもはるかに年上の三十四歳で、しかも人妻だからだった。

まして瑛子は気品のある美人で、まだ女の経験がない智彦が圧倒されるような色っぽさも持っている。とても智彦などが相手にしてもらえるような女ではなかった。

それでいて瑛子のことを好きになってしまったのは、初めて会ったときから彼女のそんな魅力の虜になってしまったからだった

それは、ちょうど一週間前のことだった。

夏休みの間それが日課になっていた智彦は、その日の夕方も愛犬のゴンを散歩に連れ出した。

浜に出て首輪からリードを外し、ゴンを自由に駆け回らせていると、突然ゴンが浜

の外れの岩場を越えていってしまった。

岩場の向こうにも小さな浜があったが、そこは別荘のプライベート・ビーチになっていた。

智彦はあわててゴンのあとを追いかけた。するとゴンは、プライベート・ビーチで一頭の犬とおたがいの臭いを嗅ぎ合っていた。

そのそばで、女が二頭の犬を見守っていた。

智彦は駆け寄って女に謝り、ゴンを叱って連れ戻そうとした。

すると、女は智彦を制していった。

「あの子たち、相性がよかったみたい。ほら、もうお友達になって、あんなに喜んでるわ。一緒に遊ばせてあげましょうよ」

彼女がいうとおり、二頭の犬はじゃれ合いながら浜を駆けまわっていた。

その女が誰なのか、智彦はすぐにわかっていた。両親が女の噂話をしているのを耳にしていたからだ。

「うらやましいねェ。岩城(いわき)さんの歳でそんなに若くてきれいな奥さんをもらえるなんて」

「そりゃあ岩城さんに甲斐性があるからよ。うらやましかったら、父ちゃんも頑張って稼いでよ。わたしは慰謝料たんまりもらえば、父ちゃんが若い女と再婚したって文句いわないからさ」

父は母にからかわれて苦笑していた。

噂の元は、この夏初めて別荘にきた女が、別荘の持ち主の岩城が去年再婚した相手で、しかも会社社長で六十五歳の岩城とは親子ほども年のちがう三十四歳の美人だということらしかった。

二頭の犬がじゃれ合うのを見ていた彼女は、智彦をプライベート・ビーチに置いてあるベンチに誘った。

智彦と並んでベンチに腰かけると、別荘の岩城だと自己紹介し、自分よりも愛犬のことを詳しく話した。

愛犬の名前はエル。ビーグル犬の牝で、ゴンとほぼ同じ生後二年半。避妊手術済みということだった。

そして、智彦とゴンのことを訊いてきた。

彼女が噂どおりの美人だったので、智彦はドギマギしながら話した。

名前は浜田（はまだ）智彦、十六歳の高校一年生で、家はこの海辺の小さな町に一軒しかないスーパー・ストアをやっていること。そして、ゴンのことも。

ゴンは雑種の牡で、軀はエルよりひとまわり大きく、ゴンも去勢手術をしていた。

智彦が彼女の名前を知ったのは、このときだった。

話をしているうち、智彦が「奥さん」というと、

「わたしの名前は瑛子っていうの。智彦くんみたいに若い子に『奥さん』っていわれると、なんだか年取っちゃったみたいに感じるから、『瑛子さん』って呼んで」

と、彼女は笑ってそういったのだ。さらに、

「わたし別荘にきたの初めてなんだけど、主人は仕事が忙しくてすぐにはこれなくて、相手はエルだけで退屈してたの。よかったら智彦くんとゴンちゃん、わたしとエルのお友達になって」

智彦は思わず、ええ、と気負い込んで答えた。

それから毎日、夕方になると別荘のプライベート・ビーチで瑛子と会って犬を遊ばせるようになったのだった。

さっきから智彦はドキドキしていた。

ロマンティックな気分になったのも束の間、瑛子の胸元や脚が気になって仕方がなくなったのだ。

いままでの瑛子の服装は、夕方といってもまだ残っている陽射しから肌を守るためだろう、上は長袖のブラウスのような露出度の少ないものを着て、下はロングスカートと決まっていた。

それがなぜか今日は胸元が大きく開いた黒い半袖のTシャツに、セミミニの白いタイトスカートという、露出度の高いラフな格好なのだった。

しかもノーブラのようだった。

そのため、ベンチに並んで座った状態で胸元に眼をやると、わずかだけど黒いTシャツの隙間からまぶしいほど白い乳房の膨らみが見え、視線を落とせば、組んだ脚の膝上十センチほどから下が露出した、きれいな、しかもナマ脚が眼に入るのだ。

それは、まだ童貞で、女とセックスに対する興味と好奇心で頭がいっぱいの智彦にとって、見ているだけで息が詰まり軀が熱くなる刺戟的な眺めだった。

おまけに浜を吹き抜けている風に乗って、香水と体臭が入り混じったような、どこか官能的な匂いが流れてきて、それが大人の女の裸を想像させて、いやでも智彦の分身を充血させるのだ。

瑛子は、そんな智彦のことにはまったく気づかないようすで、浜で遊んでいる犬たちを見ていた。

それをいいことに瑛子をちらちら盗み見ていた智彦は、ドキッとすると同時に息を呑んだ。

そのとき初めて、瑛子がノーブラだとわかったのだ。

形よく盛り上がった黒いTシャツの胸の頂をツンと乳首が押し上げているのを眼にしたとたん、充血した分身がズキッとうずいた。

「あら、やだ」

突然、瑛子がいった。

智彦は自分のことをいわれたと思い、あわてた。

が、ちがっていた。瑛子の視線の先を見ると、ゴンがエルの後ろから乗りかかって腰を振っていた。

「こらゴン、やめろ」

智彦があわてて怒鳴って立ち上がろうとすると、瑛子が手で制した。

「大丈夫。マウンティングにもいろいろな意味があるの。交尾とか、ただの遊びとか、犬同士でどっちが優位かを示すとか。あの子たちは遊びだと思うわ。でも見てると、なんだか恥ずかしいわね」

瑛子は困惑したような苦笑を浮かべていうと、

「ね、座って」

と、打って変わって強張ったような表情で智彦をベンチに座らせた。

「智彦くんて、十六歳っていってたわよね？」

「はい」

「彼女はいるの？」

「え⁉……いないですけど」

智彦はドギマギしていった。唐突に訊かれたからではなく、あろうことか瑛子が太腿に手を這わせてきたからだ。

「女性の経験は？」

太腿に手を置いたまま、瑛子が訊く。

「あ、な、ないです」

智彦はあわてふためいた。瑛子が軀をもたせかけてきて、しかも股間に手を滑らせてきたのだ。

「やだ、ゴンちゃんたら、また……」

瑛子の声につられて見ると、ゴンがまたエルに乗っかって腰を振っていた。

「あら、智彦くんのここ、硬くなってるわよ」

瑛子が驚いた声をあげた。

智彦は顔が真っ赤になった。

「ね、どうして？」

瑛子が強張りをくすぐるように撫でながら、耳元で囁く。

「そんな……」

智彦は狼狽しきって口ごもった。

「わかった。智彦くんもゴンちゃんとエルを見て、わたしと同じことを想像しちゃったからでしょ」

「え？　同じって？」

瑛子が妙なことをいったため、智彦はうろたえながらも訊き返した。

「エッチなこと」

瑛子は秘密めかした声でいった。

「そんな……」

智彦は驚き、思わず訊いた。

「あ、でも瑛子さん、エッチなこと、想像してたんですか」

「そうよ。智彦くんはちがうの？」

瑛子は事も無げにいって訊き返す。

智彦はうなずいた。

「じゃあ訊くけど、どうしてここが硬くなってるの？　教えて」

瑛子が甘く囁くような声でいう。

彼女の手でくすぐるように撫でまわされている智彦の強張りは、もう露骨にズボンを突き上げている。

「そ、それは……瑛子さんを見てて……」

智彦はしどろもどろにいった。

「わたしを？　わたしのどこを？」

「え？　あの、オッパイとか、脚とか……」

「智彦くんて、まだ女性の経験はないっていってたけど、意外とエッチなのね」

瑛子は笑いを含んだような声でいった。

「すみません」

智彦はペコリと頭を下げた。

「なにも謝ることはないわ」

智彦は驚いて瑛子を見た。瑛子が智彦の手を取って胸に導いたからだ。

「わたしだって、智彦くんと同じよ」

瑛子は智彦がいままで見たことがない、怒ったような表情でいうと、つかんでいる智彦の手をTシャツの上から乳房に当て、膨らみを押し揉むように動かす。

ノーブラのTシャツ越しに感じる生々しい乳房の感触に、智彦は全身の血が逆流するような興奮に襲われた。

だがどうしていいかわからず、瑛子のなすがままになっていると、「ああ」と瑛子は喘ぎ、智彦の手を内腿に導いた。

すべすべしたナマ脚の内腿の奥に導かれた智彦の手に、パンティと柔らかい膨らみが触れた。

とたんに智彦はパニックに陥った。

「智彦くん、今夜、別荘にきて」

瑛子がギュッと太腿で智彦の手を締めつけて、うわずった声でいった。

智彦は弾かれたように顔を上げて瑛子を見た。

「いい？」

硬い表情で訊く瑛子に、智彦は魅入られたようにうなずき返した。

「でも絶対に誰にも見られないように気をつけて。それに誰にも内緒よ」

瑛子は妖しく濡れたような眼で智彦を見つめたまま、ズボン越しに強張りを撫でながらいった。

智彦はまた、強くうなずき返した。舞い上がって声が出なかった。

2

智彦は一人っ子で、両親と店の二階に住んでいる。

スーパーを午後七時に閉店して、両親は十時すぎには眠りに就く。

時計の針は、すでに十一時を指していた。

いつもは両親が寝る頃に風呂に入り、この時刻は自分の部屋で音楽を聴きながらマンガを読んでるか、ネットでエッチな動画を見てるかしている智彦だが、今夜はちがった。

早めに風呂に入って念入りに軀を洗い、ふだん夜はしない歯磨きをして、新品のボクサーパンツを穿いて外出の支度をすませ、胸の高鳴りを抑えて時計とにらめっこをしていた。

智彦はまだ、昼間のことが信じられない気持ちだった。

あの瑛子があんなことをして、しかも別荘に誘ってくるとは、とても考えられなかった。

それに、冷静になってあのときのことを思い出しているうち、あらためて驚いたり、疑念が生まれてきたりしていた。

驚いたのは、瑛子がゴンとエルの交尾するような行為を見てエッチな想像をしたこと。そして、それで興奮して智彦にあんなことをしてきたらしい、ということだ。

疑念は、どうして瑛子があんな露出度の高い服を着ていたか、だ。

――あれは、最初から俺に見せて挑発するためだったのではないか。

女の経験がない智彦でも、そう思ったのだ。

ただ、これだけははっきりしていた。すべてのことが、智彦が抱いていた瑛子のイメージからは大きくかけ離れていた。

だから信じられない気持ちが拭いきれないでいるのだが、昼間あったことは夢でも智彦の妄想でもない、すべて現実に起きたことだった。

「そろそろいくか」

智彦は自分を鼓舞するように声に出してつぶやいた。

――もしかしたら、今夜初体験できるかもしれない。しかもあの奥さんと……。

そう思うと、胸の高鳴りと一緒に早くも極度の緊張に襲われて軀がふるえそうだった。

音を殺してこっそりと自宅を抜け出した。

智彦が今年の春から通いはじめた高校がある隣町には市役所があり、温泉街や海水浴場もあって特に夏は観光客と海水浴客で賑わうのだが、その町から置き忘れられたようなこの小さな町は、深夜になると人気(ひとけ)はまったくなく、静まり返っている。

それでも瑛子にいわれたとおり、誰にも見られないように、まるで泥棒のようにあたりを注意深くうかがいながら、浜に向かった。

浜に出て岩場を越えてプライベート・ビーチに下り立った瞬間、智彦はギョッとした。突然吠え声がして犬が走り寄ってきたのだ。

「エル、おいで」

犬を呼ぶ女の小声がして、ベンチから黒い影が立ち上がった。

エルはすぐに誰かわかったらしく、瑛子のほうに向かっていく智彦にじゃれついてきた。

瑛子は黒いドレスを着ていた。肩から胸元まで露出した白い肌が、智彦にはドキッとするほど艶(なまめ)かしく見えた。

「きてくれたのね。大丈夫だった？」

瑛子も緊張しているのか、いつもとはちがう硬い感じの声でいって、智彦の手を取って訊く。

智彦はうなずいた。声が出ないほど緊張していた。

「さ、きて……」

瑛子に手を取られてうながされるまま、別荘に向かった。まるで雲の上を歩いているようだった。

別荘は二階建てのように見えるが、一階にあたる部分がコンクリートの基礎になっていて、建物そのものは平屋だった。

ビーチに向かって張り出したウッドデッキにつづく階段を上がっていくと、建物が海に面した側はほとんどガラス張りの開放的な造りになっていた。

広々としたリビングルームがスタンドの明かりに浮かび上がって、その隣の部屋からはカーテン越しにわずかに明かりが洩れていた。

瑛子は智彦をリビングルームから別荘の中に入れると、エルにそこで待っているよういいつけ、また智彦の手を取って隣のカーテンがかかっていた部屋に案内してドアを閉めた。

そこは、大きなダブルベッドが置いてある寝室で、ベッドの両サイドのスタンドに明かりが灯っていた。

寝室に入ったとたん、智彦の緊張はピークに達していた。

息をするのも苦しく、膝がふるえそうだった。

「昼間のこと、驚いちゃったでしょ？」

「え？　ええ……」

瑛子に訊かれて、智彦はかろうじて声を出した。

「わたしのこと、はしたない女だと思ったんじゃない？」

「そんな、そんなこと全然……」

智彦はムキになっていって、思わないと強くかぶりを振った。

「思ってもいいのよ。だって、わたしのしてること、いけないことですもの。そうでしょ？」

瑛子は笑いを含んだような声でいって、智彦に同意を求める。自嘲の笑いのようだった。

同意を求められても、智彦には答えようがなかった。それに瑛子をまともに見ることができず、うつむいていると、

「それより智彦くん、初めての相手がわたしでもいいの？」

いきなり瑛子が訊いてきた。

瞬間、智彦は心臓をわしづかまれたようだった。期待したとおり、瑛子は初体験をさせてあげようといっているのだ。

「マジですか」

智彦はうつむいたまま、訊き返した。舞い上がっていて、ボソッといった感じになった。

「どうして？」

瑛子が怪訝(けげん)そうに訊く。

「なんか夢みたいで、信じられなくて……」

「じゃあ一緒に夢を見ましょう」

そういって瑛子はベッドに腰かけた。

ほとんど同時に智彦が顔を上げると、

「智彦くん、先に裸になって見せてちょうだい」

瑛子は色っぽい笑みを浮かべていった。

智彦は困惑した。さすがに恥ずかしかった。

――でももう、いわれたとおりにするしかない。

そう思って開き直り、着ているものを脱ぎはじめた。

Tシャツにジーンズという格好だから、すぐにトランクスだけになった。

「全部取って」

瑛子がいった。

開き直ったものの、智彦はためらった。さっき「裸になって見せて」といわれたとき一瞬、妙な言い方だと思ったが、いまその意味がわかった。

「見たいの。取ったら隠しちゃだめよ」

瑛子は有無をいわせない口調でいった。

智彦はもう拒むことができなかった。顔が赤くなるのを感じながらトランクスを脱ぐと、うつむいて両腕を軀の脇に下ろした。

「そのまま、わたしを見てて」

いって瑛子は立ち上がった。

智彦は瑛子と眼を合わせることができなかった。

それでも気になって彼女の軀を盗み見ていると、黒いドレスの肩紐が交互に肩から落ちて、くねるような軀の動きにつれてドレスが足元に滑り落ちた。

その瞬間、智彦は息を呑んだ。

瑛子は黒い下着をつけていた。しかもブラもショーツも、ドキッとして眼のやり場に困るほど際どい。肝心な部分をかろうじて覆っている布地がシースルーのため、乳房もヘアも透けて見えているのだ。

下着をつけているにはいるが、全裸も同然だった。

おまけにその裸身は、智彦がアダルト動画などで見知っている女たちのそれとは比べものにならないほど色気がムンムンしていて、見ているだけで息が詰まりそうだった。

とりわけ、きれいにくびれたウエストから悩ましいひろがりを見せている腰の線がたまらなく色っぽい。

「ああ、智彦くんの、もうビンビンになってる。うれしいわ。わたしの下着姿見て興奮してくれたみたいね」

瑛子が声を弾ませていった。

事実、智彦の分身はいつのまにかいきり勃って、しかも斜め上を向くまでに持ち上がっていた。

「この下着、後ろも刺戟的なのよ」

そういうと、瑛子は後ろを向いた。

智彦は固唾(かたず)を呑んだ。

ショーツはTバックなのだ。黒い紐が文字どおりT字状にあるだけで、形のいい、それでいていやらしいほどむっちりしたヒップがむき出しになっている。

それを見て智彦の欲棒はたまらなくうずき、ヒクついた。

「どう？　気に入ってもらえたかしら」

向き直って訊くと同時に、瑛子は息を呑んだようすを見せた。

「すごいッ。ヒクヒクしてる！」

生々しく脈動している欲棒を凝視したまま、うわずった声でいうと、

「ね、智彦くん、ブラを取って」

興奮しきっているとわかる表情で求めた。

智彦は瑛子の後ろにまわると、ドキドキしてふるえる指をブラにかけた。肩紐のないブラだった。

智彦にとってブラを外すのはもちろん初めての経験だが、なんとかうまくホックを外すことができた。

あとは瑛子が自分でブラを取った。そして、智彦に背を向けたまま、軀をもたせか

けてきた。

智彦はうろたえた。初めて女と軀を接したその生々しい感触に、カッと頭に血が昇り、恐ろしく緊張してどうしていいかわからない。

すると瑛子の両手が智彦の両手を取って、乳房に導いた。

「アアッ、智彦くんのビンビンのこれ、すごいッ」

瑛子がうわずった声でいう。

ヒップをもじつかせて怒張にこすりつけてきながら、昼間と同じように、つかんでいる智彦の両手で乳房を揉むようにしているのだ。

「そんな……」

智彦はあわてて腰を引いた。そんなことをされたら、すぐにも暴発しそうだった。

瑛子は向き直った。

「我慢できなくなっちゃう？」

訊かれて、智彦はうなずいた。自分でも怯(おび)えた表情をしているのがわかった。

「じゃあ、いちど出しちゃったほうがいいかもね」

いうなり、瑛子は智彦の前にひざまずいた。

まさかと思って智彦がうろたえていると、案の定、怒張に両手を添えて唇を近づけてきた。

「そんな、だめだよ、すぐ出ちゃうよ」

智彦はあわてていった。

「かまわないわ。我慢できなくなったら、わたしのお口に出していいのよ」

思いがけないことをいわれて啞然としていると、瑛子の舌がそっと怒張に触れてきた。

その舌が亀頭をねっとりと舐めまわす……。

ゾクゾクする快感に、智彦は喘ぎそうになるのを必死にこらえた。喘いだとたんに発射してしまいそうだった。

いきり勃っている肉棒を、瑛子の舌がなぞるように這う。

それにつれて肉棒がビクン、ビクンと生々しく跳ねる。

「アアッ」

瑛子は昂った声を洩らすと、唇を亀頭にかぶせてきた。

そのまま肉棒を咥え、眼をつむってゆっくり顔を振る。

智彦は怯えた。ペニスを瑛子の口腔粘膜でしごかれる、甘くすぐりたてられるような快感は、マスタベーションの比ではなかった。

しかも怯えきって見下ろしている智彦の眼には、肉棒を咥えて興奮に酔っているような表情で顔を振っている瑛子が見えているのだ。

そのとき、瑛子が眼を開けて、ドキッとするほど色っぽい眼つきで智彦を見上げた。智彦はあわてて眼をそらした。が、無理だった。怒張に一気に押し寄せてきた甘いうずきを押し止めることはできなかった。

「だめッ、出る！」

いうなり、めくるめく快美感に襲われて、ビュッ、ビュッと勢いよく、たてつづけに快感液を迸（ほとばし）らせた。

……我に返ったとき、瑛子が咥えたままの肉棒からゆっくり口を離した。

そして、艶かしい表情で智彦を見上げると、にっこり笑いかけてきた。

瑛子を見下ろしていた智彦はそのとき、瑛子の喉のあたりが微妙に動くのを眼にして驚いた。智彦が発射した精液を飲み下したのがわかったからだった。

3

「智彦くん、女性のアソコ、見たことはあるの？」

瑛子に訊かれて、智彦はちょっと考えてから、

「ないです」

と、ウソをついた。

一瞬、ネットのアダルト動画では見たことがあるけど、ナマではまだ見たことがないと正直にいおうかと思ったのだが、それより見たことがないといったほうが瑛子の気を引くことになっていいのではないかと思い直したのだ。

「そう。見たい?」

瑛子は弾んだような声で訊いてきた。

「見たいです」

智彦は即答した。フェラチオをされて射精していなかったらドギマギするところだが、それまでになかった余裕のようなものが生まれていて、期待に胸が弾んだ。

「じゃあ恥ずかしいけど、智彦くん見たことがないっていうから見せてあげる。脱がせて」

瑛子はそういってベッドに仰向けに寝た。恥ずかしいといいながら、その口調にはどこか愉しげな感じがあった。

智彦はドキドキして瑛子を見た。

瑛子は黒い際どいショーツをつけているだけの裸身を隠そうとせず、両手を軀の脇に下ろして、顔をわずかにそむけている。

といっても恥ずかしそうなようすではない。それよりも興奮しているような表情を浮かべている。

瑛子の顔を見たのは一瞬のことで、すぐに智彦はその裸身に眼を奪われた。

初めて眼にする瑛子の乳房は、まさに美乳だった。

そうやって仰向けに寝ていても紡錘形を保っていて、その頂きの乳首もきれなピンク色でみずみずしく、みるからに感じやすそうだ。

それに白い肌が一層艶かしく見える腹部、見ているだけでゾクゾクする色っぽい腰の線、そしてなにより黒いショーツ——その逆三角形のシースルーの布を通して見えている、かなり濃いヘア……。

瑛子の裸身を舐めるように見ているうち、フェラチオで射精したあともしびれたようになって強張ったままの智彦のペニスはみるみる勃起してきていたが、トドメはそのヘアだった。

濃いめのヘアを眼にしたとたん、怒張がズキンとうずいて脈動した。

「うう～ん。見てるだけじゃいや。脱がせて」

瑛子がもどかしそうにいって腰をうねらせた。

「あ、はい」

思わずそういって、智彦はショーツに両手をかけた。心臓の鼓動が息苦しいほど速まって、手がふるえそうだった。

ゆっくりショーツをずり下げていく。

黒いヘアが覗き見えた瞬間、ドキッとして、同時に怒張がヒクついた。

腰部の張りは見た目以上だった。それにヒップの量感もあって、智彦がショーツを下げるのにいささか手間取っていると、瑛子が腰を持ち上げて脱がせやすくしてくれた。

智彦は瑛子のきれいな脚からショーツを抜き取った。

すると、瑛子は両膝を立て、ゆっくりと開いた。

「見て、いいわよ」

うわずったような声につられて、智彦は瑛子の顔を見た。

瑛子は真っ直ぐ智彦を見ていた。それもはっきり興奮しているとわかる、強張ったような表情で。

智彦は気押されてすぐに視線をそらすと瑛子の両脚の間ににじり寄り、股間を覗き込んだ。

初めてナマの女性器を見た瞬間、頭も軀も熱く沸騰したようになった。

その智彦の頭には、アダルト動画で見た女性器がインプットされていた。

瑛子のそこを見て真っ先に思ったのは、いやらしい——だった。

女性器は色や形状などによって、見た感じがいろいろちがうことは智彦も知っていた。

瑛子のそこは、ヘアが濃密で、性器のまわりにまで生えている。

そして、くすんだ褐色をした肉びらが湾曲していて、割れ目からかなり露骨にハミ出している。

それにクリトリスが特徴的だった。肉びらの合わせ目の上端から顔を覗かせているそれは、小指の先ほどもありそうなのだ。

智彦が瑛子の秘苑をいやらしいと思ったのは、そんな色や形状のせいだけではなかった。

それが、美人の瑛子とはあまりにも対照的に見えたからだった。

といっても瑛子のそこを見て智彦が失望したわけではなかった。それどころか逆だった。そのいやらしさに興奮し欲情をかきたてられて、ペニスが痛いほど強張ってきていた。

「どう？　初めて見た感想は」

瑛子が腰を微妙にくねらせて、昂ったような声で訊いてきた。

「あ、めちゃめちゃ興奮しちゃってます」

「智彦くん、クンニって知ってる？」

「はい」

「仕方は？」

「大体は……」

「じゃあしてみて。で、わたしを気持ちよくして」

智彦は恐る恐る両手を肉びらに這わせ、息を呑んでそっと分けた。

「あん……」

ヒクッと、瑛子の腰が跳ねた。

ヌチャという感じで開いた肉びらの間は、きれいなピンク色で、ジトッと濡れていた。

クンニを知っているといっても、智彦の場合は動画を見ただけで、実際に自分がするとなると不安しかなかった。もちろん、瑛子を感じさせる自信もなかった。

ただ、経験のない智彦から見ても大きいと思うクリトリスが露出してははっきりわかるため、まずはそれに舌を這わせて舐めた。

「アアッ、そう、そこッ、そうよッ」

とたんに瑛子が昂った声でいった。

智彦は瑛子の反応に勢いを得て、夢中になって肉芽を舐めまわした。

瑛子はきれぎれに艶かしい喘ぎ声を洩らして、たまらなさそうに繰り返しのけぞる。

智彦の舌が肉芽をただ舐めまわすだけでなく、こねるようにすると、瑛子の喘ぎ声が泣くような声に変わってきた。

——瑛子さん、マジ感じてる！

智彦は気をよくすると同時に自信がわいてきた。

しかも年上の人妻を感じまくらせているのだと思うとよけいに興奮してクンニに熱が入り、コリッとしてきている肉芽を、ときおり舌で弾いたりもした。

「アンッ、それいいッ、智彦くん上手よ、もっと、もっと吸ったり、噛んだりしてッ」

瑛子が快感を訴えて、最後に妙なことをいった。

クリトリスについては、女の軀の中でもっとも過敏な部分だから、ソフトに刺戟したほうがいいという知識を持っていた智彦は意外に思い、顔を起こして訊いた。

「嚙んでもいいの？」

「いいのッ、そのほうが感じるの」

瑛子は興奮しきったような表情で息を弾ませながらいった。

そういうこともあるのか、と智彦は驚きながらクリトリスを口に包み込むと吸いたて、そっと歯をたてた。

「アンッ、もっとッ！」

瑛子が昂った声でいって腰をもじつかせる。

そういわれても場所が場所だけに、どの程度嚙んでいいものかわからない。

智彦は上目遣いに瑛子のようすを見ながら、徐々に強く歯をたてていった。

「アアッ、そう……アアンもっとッ」

瑛子は悩ましい表情を浮かべて軀をくねらせる。

智彦がさらに強く嚙み、肉芽にはっきりと歯が食い込む感触を感じた瞬間、

「ウウーン！」

瑛子が呻(うめ)き声を放ってのけぞった。

「アアァァァ、イクイク〜ッ！」

躯を反り返らせたまま、感じ入ったような声をあげて腰を律動させながら絶頂を告げる。

瑛子が起き上がったとき、智彦は我に返った。

初めて女がイクところを、それも自分がクンニでイカせたのを見て、興奮や感動が交じり合って茫然としていたのだ。

「こんどは、わたしに智彦くんの、舐めさせて」

瑛子は興奮醒めやらない表情でいうと、智彦を仰向けに寝かせた。

「ああ、すごいわ。もうビンビンになってる！」

智彦の両脚の間にうずくまって、たまらなさそうにいいながら、いきり勃っているペニスに頬ずりすると、亀頭に舌をからめてきた。

智彦は肘をつき、上体を起こして見た。

瑛子は、まるでしゃぶり尽くすようにして怒張を舐めまわしている。

いちど射精している智彦には、そのくすぐりだてられる快感をこらえる余裕がまだあった。

やがて瑛子は怒張を咥え、顔を振ってしごきはじめた。

そうしていると興奮するのか、うっとりとしたような凄艶な表情を浮かべて、せつなげな鼻声を洩らしている。

それを見て、その声を聞いているうちに、智彦は瑛子の口腔粘膜で怒張をしごかれる快感をこらえるのがつらくなってきた。

「もう、だめになっちゃうよ」

うわずった声でいうと、瑛子は上体を起こした。

「わたしが上になっていい?」

智彦はうなずいた。

瑛子は智彦の腰にまたがった。

——初めてやれる!

智彦が固唾を呑んで見ていると、瑛子は怒張を手にして前屈みになり、濃密なヘアからハミ出している肉びらの間に亀頭をこすりつけて、それをヌルッと自分の中に入れた。

そのまま、ゆっくり腰を落とす……。

ヌル〜ッと、生温かいぬかるみの中に肉棒が滑り込んでいく。

「アーッ!」

完全に腰を落とした瑛子が感じ入ったような声を放って、苦悶の表情を浮かべてのけぞった。

「智彦くんの、初めて女の中に入ったのよ。ね、どんな気持ち?」

「気持ちいい。信じられないぐらい気持ちいいよ」

ふたりともうわずった声で言い合うと、

「わたしもよ」

と瑛子がいって智彦の両手を取り、紡錘状のきれいな形の乳房に導いて、クイクイ腰を振る。

智彦は両手で乳房を揉みたてた。

「アアッ、智彦くんの硬いこれ、たまンないわッ」

瑛子が智彦の両腕につかまって腰を振りながら、言葉どおりの表情を浮かべていう。

そのいやらしい腰の動きに合わせて、亀頭が突起のようなものでこすられるのを感じて、智彦は訊いた。

「なんか、グリグリしてるけど、これなに?」

「智彦くんのアレの先と、わたしの子宮の入口が当たって、こすれてるの。アアッ、これがいいのよ、ビンビン感じちゃうの」

その快感を貪るように腰を律動させている瑛子を見て、智彦は思った。

――そういえば、アダルト動画でも、騎乗位でやってる女が「当たってるッ」とか「奥いいッ」とかいってよがってた……。

そのとき、瑛子が智彦の胸に両手をついて前屈みになった。

「奥もいいけど、こういうのもいいの」

そういって、競馬の騎手のような体勢で腰を上下させる。

「アアッ。ほら、見えるでしょ？　ズコズコしてる、いやらしいとこ」

「ああ見えてる。すげえいやらしいよ」

智彦は生々しい眺めに眼を奪われて、興奮を煽られながらいった。

濡れた肉びらの間にズッポリと収まった肉棒が、ラブジュースにまみれて出入りしているようすは、これ以上ないほど生々しく淫猥だ。

「こんないやらしいとこ見てどう？　興奮しちゃう？」

瑛子が訊く。

「めっちゃ興奮するよ、たまんないよ」

「わたしもよ。ゾクゾクしちゃって、イキそうになっちゃう」

「俺も、もう我慢できなくなっちゃいそう」

瑛子が「イキそうになっちゃう」というのに煽られて、智彦も一気にたまらなくなってきた。

「じゃあ、このまま一緒にイッちゃう？」

瑛子が真剣な表情で真っ直ぐ智彦を見て訊く。

智彦がうなずき返すと、腰を上下に激しく律動しはじめた。

得もいわれぬ甘美な感覚を秘めた女芯で怒張をしごきたてられて、智彦はたちまち我慢がきかなくなってきた。

さらに、瑛子が息せききって洩らす泣くような喘ぎ声に追い打ちをかけられて、智彦はいった。

「ああイクッ、イクよ！」

発射を告げ、腰を突き上げた。

「わたしも――ああイクッ！」

絶頂を訴えた瑛子の中に、智彦は快感液をつづけざまにぶちまけた。瑛子がしがみついてきて、よがり泣きながら軀をわななかせるのを感じながら。

4

翌日の夕方、いつものように瑛子と別荘のプライベート・ビーチにいても、智彦は胸がときめかなかった。

かといって、平静でいられたわけでもなかった。

昨夜は明け方ちかくになって、智彦は別荘から帰った。

騎乗位で行為したあとも、いろいろ体位を変えて瑛子とのセックスを楽しんだからだ。

結局、昨夜から今日の明け方にかけて、騎乗位のあとの二回を合わせると、最初に瑛子の口の中へのそれも含めて都合四回、智彦は射精したのだった。

そのあと、これからも毎晩瑛子と会ってセックスしたいと思った智彦は、瑛子に訊いてみた。

「今日の夜もきていい？」

すると瑛子は、

「だめなの。夜は主人がくることになってるのよ」

といったのだ。

智彦はガッカリした。

ただ、岩城は一晩別荘に泊まるだけで、翌日には帰るということだった。

それを聞いて智彦は気を取り直したものの、岩城がくれば瑛子とセックスするに決まっていると思い、嫉妬をかきたてられた。

平静でいられないのはそのためで、それに昨夜のことを思い出して瑛子を見るせいか、いままで以上に瑛子が艶かしく見えて、そのぶんよけいに嫉妬をかきたてられるのだった。

そんな智彦をよそに、瑛子はにこやかな笑みを浮かべて、浜を駆け回っているゴンとエルを眺めている。

智彦は苛立って思った。

——瑛子さんは昨日のこと、どう思ってんのかな。というか、昨日俺とあんなことをしてて、今日ダンナとするってことも、なんともないのかな。

そのとき瑛子が智彦のほうを向いた。

「どうしたの？　今日の智彦くん、いつもとちがってなんだか変よ」

訝（いぶか）しそうな瑛子に、智彦は平静を装っていった。

「あ、べつに、なんでもないよ」

「そう、それならいいんだけど、昨日のわたしとのこと、後悔してるのかと思って……」

「そんな！　後悔なんてするわけないよ」

智彦は気負い込んでいった。妬ましさのせいで、怒ったような口調になった。

そしてふと、妬ましい気持ちを打ち明けようかと思った。

だが驚いて瑛子の顔を見た。瑛子が手を握ってきたのだ。

「あの子たち、このまま遊ばせてあげてれば大丈夫だから、わたしたち、別荘にいきましょ」

瑛子は笑みを浮かべていった。秘密めかしたような笑みだった。

智彦はとっさに思った。

──夜はだめだから、いましようってことか!?

そうとしか思えない。

とたんに智彦は顔を輝かせ、うなずいた。

だが勝手にそう思っただけで、本当にそうなのかわからない。それを訊こうとしたとき、瑛子が智彦の手を握ったまま立ち上がった。

智彦は瑛子と並んで別荘に向かった。胸がときめいていた。

——なんか、恋人同士みたいだ……。

そう思うと新鮮なときめきをおぼえて妙に神妙な気持ちになり、それが智彦から言葉を奪った。

瑛子のほうはどう思っているのか、彼女も押し黙っていた。

二頭の犬は仲良く遊んでいたが、いつまでも放置しておくわけにはいかない。

瑛子もそれはわかっているはずだった。

だからだろう。別荘の寝室に入るなり、瑛子は着ているものを脱ぎはじめた。それも待ちきれないようすで手早く——。

智彦もそれに習った。

そして、すぐにふたりとも全裸になった。

智彦の分身は、早くも勃起していた。

「あまり時間がないから、智彦くんベッドに横になって」

瑛子がいった。興奮のせいだろう、強張ったような表情をしている。

智彦はベッドに仰向けに寝た。

すると、瑛子がその上から反対向きに覆いかぶさってきた。

シックスナインの体勢だった。

瑛子が怒張に舌をからめてくるのを感じて、智彦も目の前にあからさまになっている秘苑に両手を伸ばし、肉びらを分けた。

驚いたことに瑛子のそこは、もうジトッと濡れていた。

怒張を舐めまわしていた瑛子が、咥えてしごく。智彦も露出している大きめのクリトリスにしゃぶりつき、舐めまわした。

瑛子がせつなげな鼻声を洩らしてたまらなさそうにヒップをもじつかせる。智彦は肉芽を吸いたてて、じんわりと噛んだ。

「アアッ、いいッ。アアッ、イッちゃいそう!」

瑛子が手で怒張をしごきながら、ふるえをおびた昂った声でいった。

智彦はさらに肉芽に歯をたてた。

「アーッ、イクッ、イクイクーッ!」

瑛子は怒張に顔をこすりつけてよがり泣きながら軀をわななかせた。

「アアン、智彦くんきて。ゴンちゃんがエルにするみたいにして」

智彦の上から下りると、そういいながら膝をついて上体を前に倒し、ヒップを突き上げた。

智彦の前にこれ以上ない刺戟的な情景があった。

むっちりとして、ハートを逆さにした形を描いている、眼にもまぶしいほど白いヒップ。きれいで官能的なヒップとは対照的な、その谷間にあらわになっている女蜜と智彦の唾液にまみれた生々しく淫猥な秘苑……。

その眺めと犯してくださいといわんばかりの瑛子の格好に、智彦は興奮をかきたてられて怒張を手にした。

肉びらの間に亀頭をこすりつけて、ヌルヌルしている中に秘口をまさぐった。

「アアきてッ。智彦くんの硬いの、入れてッ」

瑛子がもどかしそうに腰をくねらせてストレートに求める。

それに煽られて、智彦は押し入った。

「ウーン!」

怒張が蜜壺に滑り込むと、瑛子はベッドに横たえている顔に悩ましい表情を浮きたて、感じ入ったような呻き声を洩らした。

智彦は両手で瑛子の腰をつかんで肉棒を抜き挿しした。

昨日の夜、騎乗位で行為しているときに見たのと同じ、いやらしい眺めがもろに眼に入って、いやでも興奮を煽られる。

「今日の夜、岩城さんともやるんだろ？」

一緒に軀を律動させながら、感じ入ったような喘ぎ声を洩らしている瑛子を見ているうちに、智彦はふとそのことが頭をよぎって、訊いた。妬ましさのせいで乱暴な口調になった。

「え!?……だって、仕方ないでしょ。智彦くん、妬いてるの？」

瑛子に訊き返されて、とたんに智彦は恥ずかしくなった。

「そんなこと、知るかよ」

吐き捨てるようにいうと、遣り場のない気持ちをぶつけるように激しく瑛子を突きたてていった。

ところが智彦のそんな気持ちを逆撫でするように瑛子が艶かしい声をあげて、智彦はますます激情にかられてしまうのだった。


その夜、智彦は迷った末に思いあまって家を抜け出し、別荘に向かった。

瑛子と岩城がどんなセックスをするのか見てやろうと思ったのだ。

といっても覗き見という行為のうしろめたさがあったし、果たして覗き見できるかどうかも疑問だった。

それに瑛子の愛犬のエルも問題だった。エルに吠えられて覗きが見つかり、もし万一、岩城に捕まえられでもしたら、瑛子との関係が終わるばかりか、とんでもないことになる。

最悪のことを考えると、昨日の夜、初めて別荘にいったときよりも智彦は緊張していた。

プライベート・ビーチに足を踏み入れて別荘を見やると、昨日の夜と同じように明かりが灯っていた。

智彦は慎重にウッドデッキにつづく階段を昇り、眼の位置から上だけをデッキの上に覗かせて、別荘の中のようすをうかがった。

スタンドの明かりに浮かび上がっているリビングルームに、人の気配はなかった。

どこにいるのか、幸いなことにエルの姿も見当たらなかった。

寝室にも明かりが灯っていたが、カーテンは閉まっていた。

――やっぱり、覗きは無理か。

そう思いながらも、智彦は足音を殺して寝室の前に忍び寄った。

智彦の胸は高鳴った。カーテンの合わせ目が、ほんの一センチあまりだが開いていたのだ。

ドキドキしながら、その隙間から寝室のなかを覗いてみた。

とたんにカッと頭に血が上った。

夕方、智彦と瑛子が犬のような行為をしたベッドの上で、全裸の瑛子が大きく股を開き、男に秘苑を舐めまわされて、色っぽい軀をうねらせているのだ。

男も裸だった。頭が禿げあがった、恰幅のいいその男が、歳格好からしても岩城らしかった。

寝室の中の声や音は、智彦には聞こえなかった。

そのとき、瑛子が岩城の禿げ頭を両手で抱え込み、悩ましい表情を浮かべて大きくのけぞり、そのまま腰を揺すりたてた。

イッたらしい。

身を焼かれるような嫉妬につつまれて智彦が見ていると、岩城がのっそりと起き上がった。ベッドから下りた男の股間には、ナマコのようなモノがダラリとぶら下がっていた。

——あのオヤジ、歳だからもう勃たないんじゃないか!? それとも、これから瑛子さんにしっかりしゃぶらせて勃たせるつもりなのか。

一喜一憂の思いが交錯したそのとき、智彦は眼を見張った。岩城が異様なものを腰に装着したのだ。

それは、突起がついた、黒いバンドのようなものだった。

岩城はベッドに上がると瑛子の股間ににじり寄り、突起を手に秘苑をまさぐった。

瑛子が喘ぎ顔になってのけぞるのを見て、智彦はガラスに耳を押し当てた。瑛子の喘ぎ声に交じって、かすかにモーターのような音が聞こえた。

智彦は唖然とした。

——あの突起はバイブだ！　あのオヤジ、やっぱりもう勃たないんだ。そうか、だから瑛子さんは俺と……。

なぜ瑛子のような気品のある美人の人妻がはるかに年下の自分なんかを誘惑したのか、いままでわからなかった謎が解けたような気がした。

窓ガラスから耳を離して、また寝室を覗くと、岩城に組み敷かれた瑛子がよがり泣くような表情で狂おしそうにのけぞっていた。

それを見て智彦は、嫉妬をかきたてられながらも胸がときめいた。

——瑛子さんはまだしばらく一人で別荘にいるといっていた。その間、俺もたっぷり楽しませてもらおう。それだけじゃない。岩城とのことがわかったから、もっと刺戟的なセックスができるかもしれない……。

美人女医の秘密

1

彼女の容貌はかなり濃いメイクのためにいくらかバタ臭く見えるけれど、まったく化粧をしていない素顔のときでさえ「近寄り難い」といわれるほどの美貌のため、少しも下品な感じはしない。

そればかりか濃いめのメイクが素顔の彼女をすっかり別人に変えて、妖艶な女に変身させている。

そのうえ着ている物も上等な、しかも着こなすには何より素晴らしいプロポーションが要求されるイタリアンブランドのドレスときている。

その、シルクの艶かしい光沢に、深みのある高貴な紫色のミディ丈のドレスをみごとに着こなして、ボディラインをセクシーに見せ、匂うような大人の女のムードを漂わせているのだ。

そういう女がひとり、夜にホテルのバーでグラスを傾けていれば、言い寄ってくる男には事欠かない。

現にいま、美弥子とカウンターに並んでトゥールチェアに腰かけている男がそうだった。

男のアプローチの仕方は、こういう場所での常套手段で、まったく月並みだった。

まず、女が飲んでいるのと同じカクテルをバーテンダーにオーダーして送って寄越し、それから女に向かって乾杯の仕種をしてみせる。そして、女が応じると、おもむろに隣の席に移ってくる。

もっともいまの場合、きっかけをつくったのは、美弥子だった。

それより前に美弥子のほうから男をジッと見つめ、その気にさせたのだ。

カウンターには、ほかにも何人かの男の客がいた。彼らはみんな、美弥子の存在を無視できないでいたが、そのなかから彼女が一人の男を選んだときから、とたんに彼らの視線はその男に対する妬みと敵意のこもったものに変わった。

そのせいか、美弥子と並んで腰かけた男の表情には、浮きたったようすのなかに優越感をくすぐられているような感じがあった。

男は四十半ばぐらいの年齢で、見るからに物も仕立てもよさそうなスーツを着ていた。

ゴルフ焼けだろう、褐色に艶光っている顔に、がっしりとした体軀。顔つきは中央にデンと居座った鼻だけは立派だが、象の眼に肉厚な唇をしていて、お世辞にも〝いい男〟とはいえない。

彼以上にいい男や渋い中年なら、ほかにもカウンターに並んでいた。

それでいて美弥子がその男を選んだのは、男がいかにも精力家タイプで、しかも立派な鼻が雄々しいペニスを想像させ、そしてなにより一見して好色そうにみえたからだった。

男は、こういうタイプにありがちな、慇懃なほどていねいな口調で話しかけてきた。

――さきほどから拝見していたのだが、あなたのような美人だから当然、男性と待ち合わせだろうと思っていた。まさかこうして一緒に飲めるとは、夢にも思わなかった……。

そんな意味のことをいってから、美弥子を見てほとんどの男がいうことを口にした。

「失礼ですけど、モデルさんか、芸能関係のお仕事を――」

そこまでいって男は口を噤んだ。

モスコー・ミュールが入ったタンブラーを持ち上げた美弥子の、左手薬指に嵌まっているリングに眼を止めて、驚いた顔をしている。

「結婚していらっしゃるんですか」

「………」

「いやあ、とても奥さんには、見えなかった……」

美弥子は肯定も否定もせず、ただかすかに苦笑を浮かべただけだったが、男は勝手にそう思い込んだようだ。

美弥子の苦笑は、ほとんどの男たちが彼女のことを、まるで判を押したようにモデルか芸能人と見てそう尋ね、そして左手薬指のリングに気づくと、人妻と思い込んでしまうからだった。

もっとも左手薬指のリングは、男たちにそう思わせるための美弥子の計算だった。

ただ、わずか二年ほどだが、美弥子は実際に人妻だったときもあった。

離婚してから一年余り。いまはれっきとした独身で、三十歳になったばかりの歯科医師である。

結婚指輪を計算に基づいて嵌めておくようになったのは、偶然からだった。

離婚してからも無意識に嵌めていたのだが、男たちがそれを見て結婚していると思うのを逆手に取り、意識してそうするようになったのだ。

それというのも、行きずりの情事を愉しむためには、独身よりも人妻を演じるほうが背徳的で刺戟的だからだった。

行きずりの情事――それも月に一度、生理前になると、まるで発情期を迎えた動物のメスのように、男を漁って淫らなセックスを求めずにはいられなくなる……。

美人歯科医、美弥子には、そういう誰にもいえない秘密があるのだった。

普段の彼女は、私生活でも患者の前でもまったく化粧をしない。

そのため、アイシャドーを効かした妖艶なメイクを施すと、すっかり別人になり、彼女にとってそれが秘密を守る〝隠れミノ〟になっている。

美弥子が、素顔の彼女からはとても想像できない男漁りに駆りたてられるようになったのは、離婚後のことだった。

とはいえ、その兆候はすでに以前にあった。

それも要因といえば、彼女自身の生いたちにあったというべきかもしれない。美弥子は、父親が内科医、母親が歯科医という、両親とも医師の家庭に一人娘として生まれ育った。

両親はともに敬虔なクリスチャンで、彼女は幼くして洗礼を受けた。

恵まれた環境にはちがいなかったが、両親の躾は厳しく、日曜日ともなれば家族そろって教会にいったり、日常生活にも宗教色が色濃く漂っているような家庭だった。

そんな環境のなか、美弥子は素直な性格に育ち、学校の成績もよく、いわゆる手のかからない〝できのいい子〟だった。

中学・高校は女子ばかりの名門ミッションスクールに通った。

その年頃といえば、異性に対する関心と同時に性にめざめる時期でもある。

ところがそういう環境に育ってきた彼女にとって、性的なことはタブーであり、罪深いことだった。

彼女自身、頑なにそう信じる少女だった。

そんな少女が、あるとき神に背く罪を犯したのだ。

中学二年生のときだった。といっても、〝不純異性交遊〟というような行為に走ったわけではない。オナニーを知ったにすぎなかった。

その年頃なら当たり前で自然なことである。だが彼女には、それがそうではなかった。

少女は、罪の意識と自己嫌悪に苛まれた。

それでいて夜、密かにベッドの中で、秘めやかな肉の合わせ目に指を這わすときのめくるめくような胸のときめき、そして鋭敏な肉芽を弄んでいるうちに込み上げてくる息苦しいほどのせつなさ、どうしていいかわからないような甘い疼き――そんな誘惑には勝てなかった。

彼女はそんな自分がひどく罪深く、淫らではしたなく思えてならなかった。

救いのない自己嫌悪から生まれたのは、そういう自分を隠そうとする、というより隠さなければならないという、ある種の強迫観念のようなものだった。

それだけではない。それが必要以上に異性や外部に対して構える要因にもなっていった。

そのことが、いまの美弥子にも通じる、表面上は近寄り難い雰囲気を持った美少女像を創り出したのだった。

やがて美弥子は歯科大に進んだ。美人だけに言い寄ってくる男はいくらでもいた。だが見向きもしなかった。

異性に興味がなかったわけではない。それどころか、むしろ反対だった。

その頃になると、セックスの欲求もめばえてきていた。だが持ち前の強固な自制心が働いて、男を寄せつけなかった。

そういう過激な抑制の反動かもしれない。美弥子はオナニーのとき自分でも戸惑いうろたえるような——男から無理やりに犯される——レイプシーンを想像するようになっていた。

そのうちインターンを終え、まもなく見合い結婚した。相手は三歳年上の外科医だった。

二十六歳のその時まで処女だった美弥子は、夫婦という、罪悪感をともなわない関係のセックスに密かな期待を抱いていた。

だが、その期待はあっけなく裏切られた。というより原因は彼女のほうにあったというべきだった。

たしかに夫は性的に淡白で、その行為もおざなりだったが、それ以上に性に対するわだかまりから解放された彼女の、それまでの妄想によって培われたセックスへの期待のほうが大きかったのだ。

セックスというものを、つねに罪悪感というフィルターを通して想像してきた美弥子にとって、セックスとは、それゆえにもっと享楽的であるはずだった。

夫とのセックスは、そんな彼女のなかに〝こんなはずでない〟という満たされない思いを泡のように生み出していった。

その頃だった。生理前になると、どうしようもないほど異常に欲望が昂まってくるようになったのは。

膣の無数の襞が充血して熱く疼き、ひとりでにうごめきだすような感覚。

そのときばかりは、ペニスでなくともそれに代わるものならもう何でもいい、激しく膣を掻きまわされたい衝動に駆り立てられるのだった。

そんなことは、だが夫にはいえなかった。打ち明けられるような夫ではなかったこともあるけれど、美弥子自身、それまでに身にそなわった慎ましさのために自分から夫を求めるようなこともできなかった。

結婚して二年になろうとしていた。突然、母が脳卒中で倒れ、他界した。

美弥子は決心した。母がやっている歯科医院を引き継ぎたいから別れてほしい——いきなりそういって夫を驚かせ、そして美弥子のほうからいささか強引に離婚の同意を取りつけたのだった。

美弥子が、普段は化粧気もない、それでいて近寄りがたい美人の歯科医師と、月に一度、正体不明の妖艶な女に変身して男を漁る二つの顔を持つようになったのは、そうして独身にもどってまもなくのことだった。

2

男は美弥子が部屋に入っていくと、まだ信じられないような顔つきをした。

ホテルのバーで飲んでいるとき男のほうから勝手に喋ったのだが、男は関西方面で貿易会社を経営していて、仕事で上京してこのホテルに泊まっているということだった。

男は美弥子を、もう少し酔わせて籠絡するつもりだったらしい。

「河岸をかえて、ほかに飲みにいきませんか」

というのを、

「そのあとで、どうなさるの？」

と美弥子が艶然と、相手の胸のうちを見透かしたような笑みを浮かべて切り返すと、男は一瞬、言葉につまった。

「同じことなら、あなたのお部屋のほうがいいわ。わたし、門限があるの」

美弥子が男の耳元で甘く囁くと、男は信じられないというような顔になって彼女を見返した。

「あなたのほうが先にお部屋にいって、シャワーを浴びて待ってらして。一緒だと、ほかのお客の眼があるから、いやなの」

「……」

「ご心配なく、わたしは危険な女でも、タチの悪い女でもないですから」

驚きが貼りついたままの顔を、美弥子が媚情を込めてたしなめるようにかるく睨み返すと、男は「とんでもない」とあわてて否定し、「じゃあ待ってますよ」と喜色を抑えきれないような顔つきで、そそくさとバーを出た。

その後、美弥子がひとりでいると、さきほどまで一緒にいた男が彼女に振られたと思ったらしく、バーにいた別の男が言い寄ってきた。

美弥子が選んだ男より若く、みるからにプレイボーイふうで誘い方もスマートだったが、彼女は相手にしなかった。

そういう男にかぎってベッドでも格好をつけ、美弥子の求めるような享楽的なセックスが望めないからだった。

男はすでにシャワーを浴びたらしく、バスローブをまとっていた。

「いやあ、さっきは驚きましたよ。あなたのようなきれいな奥さんが……」

男は美弥子を眩しそうに見ながら、そこまでいって口ごもった。

「浮気するなんて、とおっしゃりたいんでしょ？」

「いや、その、ただ、すぐには信じられなくてね」

きまり悪そうに笑って頭に手をやった男の、根は好色そうだが人のよさを感じ取った美弥子は、ふと、秘密を打ち明けたい気持ちになった。同時に露出的な衝動も手伝って——。

「わたし、生理前になると、もうどうしようもないの」

「生理前に？」

驚いた男の顔に、興味津々の表情が浮かんだ。

ふたりは、シングルルームの窓際においてあるテーブルを挟み、椅子に腰かけていた。

男は「ほう」といいながら、椅子から身を乗り出した。

「でも、主人がアチラのほうが弱くて……それにアノときに、いやらしいことをいったりもしてくれないの」

それまでの大胆さにかわって、いうことはいささかあけすけだが俯きかげんで羞じらいを見せながら、ときおり訴えかけるように男を見て話す美弥子に、男のほうはすっかり刺戟されたらしい。興奮しきったような表情になり、美弥子を見返している眼が血走って粘ってきている。

「なるほど、ということは、奥さんはアノ最中、いやらしいことをいわれたいってこと？」

したり顔で頷き、男は好色そうな笑みを浮かべて訊く。興奮のためにその笑みもぎこちない。

美弥子は恥ずかしそうに小さくうなずいてみせた。

「そう。で、アノときのいやらしいことというと、例えば……」

男は気負ったようすで訊く。興味で前のめりになっているようだ。

「意地悪ね、知ってらっしゃるくせに」

美弥子は思わせぶりに笑い返して男を睨むと、椅子から立ち上がった。

「ね、脱がせて……」

甘えた表情と口調でいうと、男は魅入られてつられたように立って、美弥子の背後にまわった。

ドレスの背中のファスナーをゆっくりと下ろしていく男から、固唾を呑んでいるような気配が伝わってきた。

美弥子は途中から身をくねらせて自分でドレスを脱ぎ落とした。

「ほう、これはまた悩ましい」

男は驚きと興奮が入り混じったような声でいった。

ドレスの下は、すべてにレースの透かし模様が入った、ゴージャスでセクシーな下着姿だった。

太腿までのストッキングと、それを吊ったガーターベルトは黒。ブラとショーツはドレスと同じ紫だが、きれいな淡い色だ。

しかもショーツは、思わずドキッとするほど大胆なものだ。布地の部分といえば下腹部を隠す三角形のそれだけで、あとは紐なので形よく張ったヒップが剝き出しなのだった。

そのセクシーな下着姿をより悩ましく引き立てているのが、プロポーションのいい軀だ。

モデルとまちがわれるだけあって、ウエストのくびれから腰高のヒップ、すらりと真直ぐに伸びた脚が描く曲線美が素晴らしい。

「このまますぐに脱がすのは、もったいない気がするな」

感動したような口ぶりでいいながら男はブラを外すと、背後から美弥子を抱き寄せ、項から耳朶へと唇を這わせる。

「奥さんのこの色っぽい軀と、こんなにセクシーな下着姿を見たら、男ならすぐにオッ勃っちゃうと思うんだけど、ご主人はそうじゃないの？」

「こんな下着姿、主人の前では、恥ずかしくて見せたことないんです」

美弥子は声をうわずらせていいながら、身じろいだ。

男の舌で耳朶をなぶられ、両手で乳房を揉みしだかれながら、ヒップに強張りを押しつけられているのだ。

「恥ずかしいって、夫婦なのに？」

「これでもわたし、ふだんは夜だって貞淑な妻なの」

「なるほど、そういうことか。貞淑だからこそ、逆に不貞を働いていやらしい淫らなことがしたい。それが奥さんの願望じゃないの？」

美弥子は小さくうなずいた。ほぼ図星だった。

――と、乳房を揉みたてていた男の片手が美弥子の下腹部に這い下りて、ショーツの中に滑り込んできた。

その手がヘアを掻き上げるようにして、指がクレバスをまさぐる。

「おお、こりゃあすごいや。もうグッショリやで」

男は初めて関西訛りでいった。そのことが驚きを表していた。

すでにおびただしく濡れてきているのは、美弥子自身わかっていた。

「ここのこと、こっちではオ××コいうんやったな」

クリトリスを指の腹で掻き上げるようにしてなぶりながら、男は卑猥な言葉をことなげにいって、

「奥さんのオ××コ、もうヌレヌレやで」

と、思わせぶりに美弥子の耳元で囁く。

「ああっ、イヤッ」

美弥子はその言葉に弱い。昂ぶった声で喘ぐようにいって男のほうに向き直ると、たまりかねてバスローブの前に手を差し入れ、下着越しに強張りをまさぐった。

「ああッ……ね、もうベッドで……」

発情した表情で強張りをつかみ、すがるように訴える美弥子を見て、男は気押されたような顔つきをしたが、それをごまかすようにぎこちない笑いを浮かべると、ショーツの中から手を抜いた。

美弥子はベッドに上がって仰向けに寝ると、男を挑発するような仕種でショーツを下ろしていった。

「ガーターベルトも取ります？」

美脚を思わせぶりにすり合わせるようにして訊くと、

「そのままでいい。そのほうが刺戟的だから」

美弥子がショーツを脱ぐのを欲情した顔で食い入るように見ながらバスローブを脱ぎ捨て、急いでトランクスを下ろした男が、美弥子の予想どおりのことをいった。

そして、男もベッドに上がってきた。

こんどは美弥子のほうが膝立ちの男を食い入るように見る番だった。

男の股間のモノは、美弥子の想像した通りだった。

反り返るようにして突き出しているそれは、太くて逞しく、赤黒く艶光っている亀頭が怒ったようにエラを張っている。

それを見たとたん、熱く潤んでいる膣がうごめいて脈動し、美弥子はかろうじて喘ぎ声をこらえた。

だがもうそれを我慢できず、起き上がると、男の怒張に引き寄せられるように這い寄っていった。

一カ月ぶりの熱い強張りだった。それを両手に挟むようにして持つと、美弥子はかるいめまいをおぼえた。興奮によるめまいだった。

さらに肉棒全体に舌を戯れさせると、それを咥えてしごく。

そのまま怒張に頬ずりし、亀頭に舌をからめていく。

眼をつむり、顔を振って肉棒を口腔でしごいたり、口から出して舐めまわしたりしていると、そんな自分の淫らさや、肉棒が膣にピストンのように猛々しい突き引きを繰り返す動きが脳裏に浮かぶ。

そして、めくるめくような昂りに襲われ、そのときの泣きだしたくなるような快感が軀によみがえって、相手の男の興奮を煽らずにはおかない、甘い鼻声を洩らして身悶えずにはいられない。

いまもそうなったらしい。

「奥さん、待って！」

いうなり男は腰を引いた。

口から抜け出た肉棒が目の前で生々しく跳ねて、

「アアッ」

ゾクッと軀がふるえ、美弥子は喘いだ。

「やばい、やばい。奥さんのおしゃぶり、あまりにもいやらしくて上手だから、危うく暴発しそうだったよ」

男は冗談とも本気ともつかない口調で笑っていった。

美弥子はこれ以上ない艶かしい表情で裸身をうねらせて求めた。

「ああん、お願い、無理やり犯すみたいにして」

一瞬、男は啞然としたような表情をした。

だがすでに美弥子の願望がわかっているからだろう。すぐに興奮した表情になって、荒々しく美弥子の両脚を押しひろげると、股間に顔を埋めてきた。というよりしゃぶりついてきた。

男は美弥子の秘苑を舐めまわした。それも貪り尽くそうとするかのようにいやらしく。

一カ月の禁欲と生理前の異常な昂りを宿している美弥子の軀は、ひとたまりもなかった。

レイプされる女を演じて「イヤッ、イヤッ」と拒絶していたのも束の間、たちまちこらえきれなくなって、きれぎれの感泣を洩らしながら昇りつめていった。

絶頂の余韻に浸る間もなく、男がイッたばかりの女芯に指を侵入させてきた。

それを待ち望んでいた女芯は男の指を締めつけ咥え込んで、ひとりでに腰がうねった。

「オッ、これは……!?」

男が驚きの声をあげた。

そのわけは、美弥子にはわかっていた。

膣の中の襞は大抵、天井にあたる部分だけにあるのが普通らしいのだが、美弥子の場合はぐるりと、しかも入口から奥まで繊毛のような襞がびっしりとあるのだ。

美弥子自身、それが稀な名器であるらしいと知ったのは、皮肉にも夫ではなく、初めての行きずりの情事の相手に教えられたのだった。

「奥さんのここ、すごい名器やないか。ミミズ千匹というけど、まさにそれや。まるでミミズがウジャウジャうごめいているようやで」

興奮して指をこねまわすように動かす男に、美弥子は腰を波うたせながら喘いでいった。

「ああ、もう、お願い……いやらしく、犬みたいに後ろから犯して」

男は指を抜き取ると、美弥子を俯伏せにして腰を引き立てた。

3

美弥子が男を漁るのは、ホテルのバーと決めているわけではなかった。自分の欲望を満たしてくれそうな男が見つかれば、場所はどこでもよかった。

ただ、いま美弥子がいるカフェ・バーのような所は、あまり期待はできなかった。キザな男が多く、美弥子が求めているようなタイプの男は少ないからだ。

実際、カウンターの端の席につくなり、ざっと見渡しても、好みに合ったタイプの男はいなかった。

ところが美弥子の失望をよそに、たちまち男たちはしきりに美弥子を気にしはじめた。

それにしても……と、美弥子は男たちの視線を無視して思った。

——こんなこと、初めてだわ。

初めてというのは、タイプの男がいないということではない。

一昨日、あるバーで男をハントして行きずりの情事にふけったばかりだというのに、それだけでは物足りず、中一日おいてまた、男を漁らずにはいられなくなったことだ。

いままでは、生理前の異常な性欲も一度の情事で、まるで憑きものが落ちたように解消できていた。

それがこんどばかりは、そうはならなかった……。

その原因を、美弥子は、この前の男のときは自分のほうが早く男が欲しかったため、充分に満足いくまで享楽的なセックスを愉しめなかったせいにしていた。

たしかにそういえなくもなかったけれど、美弥子自身、そういう自分の思いに対して、それは言い訳にすぎないのではないか、そんな理由で自分を納得させているだけではないか、という懐疑的な気持ちもあった。

それというのも、行きずりの情事を繰り返しているうちに、自分がさらに強い刺戟を求めようとしていることに気づき、強い恐れや罪悪感を感じていたからだった。

事実、レイプシーンを演じるだけの情事に、美弥子は飽きたらなくなってきていた。

そんなことを考えていると、

「ここ、いいですか」

と、男が声をかけてきた。

「どうぞ」

といって、ちらっと男を見た瞬間、美弥子はドキッとして、手にしているビールが入ったグラスを落としそうになった。

その若い男は、美弥子の隣の椅子に腰かけると、ウエイターにトマトジュースをオーダーした。

美弥子の心臓は音をたてていた。

男は、彼女の歯科クリニックに通っている、根上洋平という大学生の患者だった。

見まちがいではないかと思って、美弥子はそっと男を見た。

ちょうど男も美弥子のほうを見たため、眼と眼が合った。

すぐ眼を逸らした美弥子は内心、激しく動揺し、うろたえていた。

まちがいなく、根上洋平だった。

眼が合った瞬間、相手もちょっと驚いたような表情をしたため、気づかれたかもしれないと、美弥子がヒヤヒヤしていると、

「男がトマトジュースなんておかしいと思ってるんじゃないですか」

根上が自嘲めいた口調でいった。

「べつに……」

美弥子は平静と無関心を装っていった。

そのとき、赤い飲み物が入ったグラスが根上の前に置かれた。

根上はすぐにグラスを手にした。

美弥子は前を向いているので根上のようすはわからなかったが、カウンターにもどされたグラスを見て、彼がトマトジュースを一気に半分ほど飲んだのがわかった。

「驚いたな……」

根上がボソッと呟くようにいった。

「え⁉」

席を立つタイミングをはかっていた美弥子は、思わず声を洩らした。

「ぼく、あなたによく似た人、知ってるんですよ」

美弥子はうろたえた。動揺を隠し、余裕の笑みをつくっていった。

「そんなナンパの仕方、陳腐すぎるわよ」

「え？　あ、そうか。でもナンパしようと思っていったんじゃないんですよ。マジによく似てるんです」

根上はあわてたようすでいった。

「ただ、その人は全然化粧していないんです。でもあなたを見たとき、化粧をしたら似てるんじゃないかと思って、それでそういったんです。だけど実際はぼく、その人の前に出ると、まともに口もきけないんですよ」

なんだか決められたセリフを一生懸命に喋っているような感じでいうと、グラスを口に運び、トマトジュースを飲み干してから、

「笑っちゃうでしょ」

と、自嘲めいた笑いを浮かべた。

美弥子はついつられて、戸惑った笑いを浮かべた。

「あ、突然変なこといっちゃって、すみません」

美弥子の反応を見てようやくそのことに気づいたらしく、根上は照れ臭そうにいって謝ると、懇願するような表情を浮かべて、

「すみませんといっておいて、こんなことをお願いするのは図々しいと思われるかもしれませんけど、少しの間、ぼくの話に付き合ってもらえませんか」

美弥子は迷った。が、自分のことを根上が完全に人ちがいだと思っていることでホッとしていたところに、いたずら心と興味のようなものがわいて、

「いいわよ、少しの間なら」

と応えた。

「ありがとうございます！」

根上は顔を輝かせていうと、

「ぼく、その人のことが好きで好きでたまらないんです。でもさっきもいったとおり、どうにもならないんです。どうしたらいいですか。なにかいいアドバイスがあったら、教えてください」

興奮が抑えられないようすの根上を見て、美弥子は余裕のようなものが生まれてきた。

――わたしのこと、まったく疑ってもないみたい。かりにもしバレそうになっても、シラを切り通せばいい。

そう思うと、大胆になった。

「あなた、大学生？」

「はい」

と根上は答えて、驚いた顔になった。

「エーッ、マジ？　人ってよく、顔が似てると仕種とかも似るっていうけど、声もそっくりですよ」

美弥子は動揺したが、かまわず訊いた。

「じゃあ、その人も同じ大学生なの？」

「いえ、歯科医の先生なんです」

「え？　なら、あなたよりずっと年上でしょ？」

「そうなんです。でも、すごい美人なんですよ」

「それで、まともに口もきけないほど好きになっちゃったわけ？」

「ええ」

照れ笑いする根上を見て、美弥子は意外な気がした。

患者として知るかぎりの根上は、良家のお坊ちゃんふうなのだが、無口で、どこか陰気な感じのする若者だった。

だから美弥子に対して無口だった理由はわかったものの、こうして女に話しかけられるようなタイプには見えなかったし、思えなかった。

そのため、おそらく彼はまだ童貞だろうと、美弥子は思っていた。

「ぼく、車できてるんですけど」

根上が唐突な感じでいった。

「ドライブしないですか」

予想外の展開に、美弥子は戸惑った。が、余裕を見せていった。

「そういうつもりだったのね」

え？　というような怪訝な表情をした根上に、美弥子はズバリといった。

「お酒を飲まないのは、女性をハントしてドライブに誘うつもりだったんでしょ」

「え？　あ、でもぼく、女性をハントしたこともないし、こういう所で話しかけたのも、あなたが初めてなんです」

根上はしどろもどろにいった。

美弥子は思った。

——実際、彼のいうとおりで、やっぱりまだ女を知らないのかもしれない。

「で、ドライブの後はどうするの？」

「どうって……」

「まさか、似てるからって、あなたの好きな人のかわりにわたしを誘惑するつもりなんじゃないでしょうね」

「そんな……」

妖しい笑みを浮かべていった美弥子に、根上はうろたえたようすで口ごもった。

そんな根上を見て美弥子は、ちょっとスリルを味わってみたいという気分も手伝って、自分でも思いがけない気持ちになった。

——たまには、こういうウブな若い男を相手に挑発して愉しむのもいいかもしれない……。

4

湾岸道路を走っていた車は、途中で脇道に逸れて、ネオンが不夜城を想わせるモーテルに入った。

根上洋平は信じられない気持ちだった。

それにモーテルにくるまでは焦りまくっていた。

というのも、根上としては精一杯の〝演技〟で美弥子をドライブに誘うまではうまくいったのだが、いざ車の中でふたりきりになると、いかんせんいままで女にもてたことがなく、だから当然女の扱いも不慣れなため、どうしていいかわからなかったからだ。

そんな根上に救いの手を差し伸べてくれたのは、美弥子だった。

「この先にモーテルがあるの。そこで少し休んで帰りましょ」

そういったのだ。それも軽い口調で。

根上は一瞬、耳を疑った。

――マジか!?

そう思って美弥子を見ると、前方を見ていた彼女も根上のほうを向いて、

「いや?」

と、ドキッとするほど色っぽい眼つきで訊いてきた。

根上は強く頭を振り、

「いやじゃないです!」

思わず気負って答えた。

そして、そのあとは美弥子に指示されるまま車を走らせたのだ。

運転しながら根上は、そのモーテルにいったことがあるんですか、と美弥子に訊きかけて思い止まった。そんなことを訊いて、もし気をわるくされたら、と気をまわし、それを恐れたからだった。

もっとも根上は、最初から最悪のケースも想定し、その場合はどうするかを考えていた。

それは、どうしても思いどおりにならないときで、そのときは美弥子を脅迫して無理やり拉致するつもりだったのだ。

ただ、根上としては、できればそんな乱暴な手は使いたくなかった。

裏を返せば、そんな異常ともいえることを考えるまでに、根上は美弥子のことが好

きでたまらないのだった。

幸いにも乱暴な手を使わないですむことになって、根上の胸はときめき、高鳴っていた。

モーテルに車を入れると、根上は美弥子より遅れて車を降り、あとから部屋に入っていった。

「どうしたの、バッグなんか持って。お勉強でもするつもり？」

美弥子は根上が手にしているスポーツバッグを見て、色っぽい笑みを浮かべてからかった。

根上はただ苦笑いしただけだった。

「あなた、お風呂は？」

「出かける前にシャワーを浴びたから、ぼくはいいです」

「ずいぶん手回しがいいのね」

美弥子は秘密めかしたような笑みを根上に投げかけて背中を向けると、いかにもブランド物らしいワンピースのウエストを締めている幅広のベルトを外していく。

「ね、脱がせて」

甘い声でいわれるまま、根上はドキドキしながらワンピースの背中のファスナーを、ゆっくり下ろしていった。

ウエストの位置までワンピースの背中が割れると同時に、根上の鼻先を甘い香水の匂いがくすぐった。

背中のスリットから㮈白い肌が覗き、淡い草色のブラの紐と美しく湾曲した背筋が見えた。

根上の胸は激しく高鳴っていた。

美弥子は自分で袖から腕を抜き、色っぽい仕種でワンピースを脱いでいく。

優美な形に張った腰がくねるように揺れてワンピースが滑り落ちると、根上は思わず息を呑んだ。

色っぽくきれいに熟れた裸身が身につけているのは、ふだんの美弥子からは想像もできない、大胆でセクシーな下着だった。

ストッキングだけは肌色だが、ショーツとガーターベルトはブラと同じ淡い草色で、それもすべてシルクらしい艶かしい下着だ。

しかもブラとショーツは紐で結ぶタイプで、布の部分が極端に小さい。

「こんな下着、どう？」

美弥子が挑発するように軀をくねらせて訊く。

「すげえッ、最高ですッ！」

根上は声が喉にからんだ。

「興奮しちゃう？」

「めっちゃ、します！」

「じゃあもう、ペニスは勃起しちゃってる？」

根上は唖然とした。

——先生、後ろを向いてるから、こんな露骨なことがいえるのかも……。

だが美弥子とは思えないその訊き方に興奮を煽られて、根上は答えた。

「しています」

実際、ペニスはもう、ズボンの前が窮屈なほど勃起していた。

「そう。じゃあもっと勃起させてあげて、それから見せてもらおうかしら」

美弥子は思わせぶりにいうと、

「その前に、ブラとショーツも取って」

いわれるまま、根上は恐る恐るブラの紐に手を触れた。

緊張でふるえそうになる手で紐を解き、ついでショーツの両サイドの紐も解いた。

それに合わせて、美弥子が下着を押さえていた手を離したらしい。シルクの下着がしなやかな布切れになって足元に落ちた。

美弥子がつけているのは、ガーターベルトとストッキングだけになった。裸も同然だった。根上は素早く、考えていた行動に出た。

「あなた、女性の経験は……」

そういいながら振り向いた美弥子は、根上が手にしている手錠を見て眼を見開いた。

「そんなもの、どうしようっていうの!?」

「先生、芝居はもうやめようよ」

根上の言葉に、美弥子は色を失った。

そのスキを狙って根上は美弥子の片手をひねり上げた。素早く手錠をかけ、さらに両手を後ろにまわして、一方の手にも手錠をかけた。

正体がバレたのと根上の異常な行為による二重のショックのためか、美弥子はすぐには抵抗らしい抵抗もしなかった——というよりできなかったのかもしれないが、後ろ手に拘束されると、さすがにうろたえたようすで肩を振って抗おうとした。

「こんなこと、やめてッ。第一、わたしは先生なんかじゃないわッ」

必死に訴えるのを、根上は無視してバッグからロープを取り出すと、美弥子をアームチェアに座らせた。

ついでストッキングを穿いたままの両脚をそれぞれ椅子の肘掛けに乗せて大胆に開脚させ、ロープで手早く縛りつけた。

「イヤッ!」

美弥子は悲痛な声を放って弾かれたように顔をそむけた。

「こんな……やめてッ、ほどいてッ」

「いい格好だよ先生、これでもまだシラを切る気かよ」

「人違いよ。勘違いしないでッ」

かぶりを振りながら哀願する美弥子を、根上は凝視してせせら笑った。

そうして美弥子を拘束してしまうと自分でも不思議なくらいに落ち着き、ふてぶてしくさえなっていた。

美弥子のあからさまになっている下腹部は、デルタ状にかなり濃密で縮れの強い繁みが丘を飾り、褐色をおびた唇のような柔襞が半びらきになって、生々しい薄いピンク色のクレバスまで覗き見せている。

クレバスには、ふつうの状態でない潤みが滲み出て、濡れ光っていた。

「なんだよ、先生のいやらしいアソコは、もうヨダレを流しているじゃないか」

根上はバッグからクレンジングクリームを取り出した。

それを見た美弥子が激しくかぶりを振る。

「何をするの、いやっ、やめて！」

根上は美弥子の髪をわしづかむと顔をのけぞらせ、クレンジングクリームを顔全体に塗りつけていった。

クリームを塗り終わると、カット綿で拭き取りはじめた。

美弥子はなんども「いやッ」「やめてッ」などといったが、根上に髪をつかまれているため、拒絶することはできない。

化粧が落とされていくにつれて、徐々に美弥子の素顔が現れてきた。

美弥子はひどくうろたえたようすで眼をつむっていたが、

「先生、もうごまかしはきかないよ」

根上がすっかり化粧を拭き取ってそういうと、いたたまれなさそうに顔をそむけた。

「どうして、わかったの？」

妙にぶっきらぼうな口調で訊く。それがむしろ激しい動揺を物語っているようだった。

「偶然だよ」

根上は美弥子のクレバスを手でまさぐりながらいった。

——それは、まさに偶然だった。たまたま美弥子が変身のために借りているワンルームマンションに入っていくのを見たのだ。

そのようすを不審に思った根上は、こっそり美弥子の後をつけて部屋を突きとめ、しばらく張り込んでいた。

やがて、その部屋から女が出てきたのを見て、根上も一瞬、まさかそれが美弥子とは思えなかった。実際、マンションの外で張り込んでいたら、別人だと思ったにちがいない。

根上は変身した美弥子を尾行した。そして美弥子が男をハントしてホテルに入るのを見届けると、ふたたびマンションに帰って、辛抱強く張り込みをつづけた。

案の定、変身した美弥子はマンションにもどってくると、やがて素顔で部屋から出てきたのだ。

それが一カ月程前のことだった。

それでも根上には、なぜ美弥子ほどの美人が変身して男漁りをするのか、まったく理解できなかった。

その不可解さと美弥子へ狂おしいばかりの恋情と、さらには根上自身のいささか偏執的な性格が、彼を異常な行動に駆りたてた。

それから約一カ月、ほとんど毎日のように美弥子の歯科クリニックが締まる時間に張り込みを続け、彼女の動きを探ったのだ。

ところが先日のような行動はまったく見られなかった。

さすがの根上もウンザリしてきた。

だが一昨日のことだった。ついに美弥子が歯科クリニックを出てあのマンションにいったのだ。

変身した美弥子はホテルのバーで男と会った。そのあと男が一人でバーから出てきたのを見て、根上は男をつけ、ルームナンバーを確認した。

果たして美弥子がその部屋にくるかどうか、それにちょうど隣室が空いているかどうかも、すべて賭だった。

だが根上はすべてにツイていた。そして、隣室から高感度の盗聴器を使って美弥子と男の会話と情事の一部始終を聴いたのだった。

これまでのいきさつを話しながら根上がなぶりつづけている乳首もクリトリスも、すでにはちきれんばかりに硬く勃起してきていた。

「生理の前になると、どうしようもなくなるんだって？　じゃあいまもまだ、さかりのついた牝だってこと？」

根上が訊くと、

「やめて」

美弥子の声は力なく、うわずった。

「そういえば、先生は自分から犬みたいに犯してほしいっていってたよね」

いうなり根上は濡れそびれた女芯に指を挿し入れた。

「ウッ——！」

呻いてのけぞった美弥子の顔に、苦悶の表情が浮きたった。

根上は驚いた。本当にあの男のいう通りだった。美弥子のそこには全体に繊毛のような襞が無数にあり、それがザワザワとうねるようにうごめいて、指を締めつけてくるのだ。

「すごいじゃないか、先生。ヒダヒダがいっぱいあって、吸いついてきて、指がくすぐられるみたいだよ」

こねまわすように指を動かしている根上に、美弥子は昂ってきれぎれに喘ぎながら、不自由な腰をもどかしそうにうねらす。

「先生ほら、先生にぴったりのものをあげるよ」

根上は三所責め用のバイブを取り出すと、真ん中の長い突起を、名器にゆるゆると挿し入れた。

息を呑む気配を見せて艶めいた顔をのけぞらせた美弥子は、つづいて根上が取り出したものを見ると、顔色を変えた。

それはバリカンとハサミ、それにカミソリだった。

「根上くん、何をするの!?」

美貌が脅えきって引き攣っている。

「これは散髪用の道具だよ。他に使い道なんかないさ」

こともなげにいいながら、だが根上は異常に興奮していた。

「そんな！」

ショックのあまりか、美弥子は絶句した。が、根上が艶のあるセミロングの髪をわしづかむと、「イヤッ」と悲壮な声を放って必死に顔を振る。

「ほら、先生はこれから俺の奴隷になるんだ。これはその儀式と証明だよ」

根上は無造作に美弥子の髪にハサミをいれた。

ハサミが乾いた音をたてて毛を食んだ。

「やめて！」

美弥子の悲痛な声が部屋に響いた。

5

——女の艶々しい髪を見ると、無残に刈って、その頭をそり上げたい衝動に駆られる。

そんな異常な欲望がどこから生まれたのか、根上自身よくわからなかった。

それにいままでそういう欲望があっても、実際に経験したことはなかった。

ただ、女の髪にまつわる異常な欲望が自分でも恐ろしくなるほど昂進してきたのが、思春期をすぎた頃からだったことを思えば、それは女に対する憧憬と憎悪の入り混じったものなのかもしれなかった。

それというのも、性格的に内向的でプライドだけは高い根上は、いままで女にモテたためしがなかったのだ。

その一方で、彼にはサディスティックな性癖があった。

根上が初めて知った女は、SMクラブの女だった。

それ以来、根上はその世界のプロの女しか知らないのだった……。

はじめにハサミを使った。ハサミで頭髪全体を短く切り、次にバリカンで刈り上げた。

さらにその頭にシェイビングクリームを塗りつけて、カミソリで完全に剃り上げていった。

バリカンを使いはじめたときから、急に美弥子は大人しくなった。

それまでは必死に顔を振ろうとし拘束された軀を動かそうとしていた。

大人しくなったのは、絶望的な気持ちになって抵抗を諦め、観念したからだろうと根上は思っていた。

ところが、それもあったかもしれないがそれだけではなさそうだった。

いままで行為に夢中になって気づかなかったのだが、すっかり頭髪を失って青白い坊主頭になった美弥子のようすがおかしいのだ。

眼をつむってがっくり項垂れた顔が、上気したようにかすかに紅潮して、どこか陶然としている。

根上の眼は、名器が咥えたままのバイブに引きつけられていた。バイブがヒクヒク、生々しく動いているのだ。

――先生は、頭を剃られて興奮しているのだ！

根上の胸に、快哉と一緒に嗜虐的な歓喜が込み上げてきた。

根上はバイブを抜き取った。

美弥子はふるえをおびた喘ぎ声を洩らして軀をヒクつかせ、顔をそむけた。

バイブは、おびただしい女蜜にまみれていた。

根上は美弥子の陰毛にシェービングクリームを塗りつけていった。

女にとって命ともいわれる頭髪を剃り上げられているのだ。美弥子は根上が繁みにカミソリを這わせはじめても、もうされるままになっていた。

そればかりか、ときおりさもせつなげに声にならない喘ぎを洩らしながら、上気した顔がますます艶めいてきたように見えた。

根上は剃毛を終えた。

繁みを失ってのっぺりとした丘の下の眺めが、さらに露骨になった。

「終わったよ。化粧で変身するよりこっちのほうがずっといい。ほら見て」

根上は部屋の隅のドレッサーを美弥子のほうに向けた。

坊主頭でガーターとストッキングだけをつけて大胆な大股びらきで拘束された美弥子の姿が、鏡に映し出された。

それは、倒錯めいた妖しさの漂う異様な眺めだった。

美弥子がゆっくり顔を上げた。

大きく眼を瞠（みひら）き、いたたまれないような表情を浮かべると、「イヤッ」といって弾かれたように顔をそむけた。

「見るんだ！」

根上は美弥子の顎を摑んで顔を起こした。

美弥子は、つむっている眼をゆっくり開いた。

異様な姿の自分を見つめるその表情が、みるみる変わってきた。妖しい眼の色になって、明らかに興奮した表情に。

「どう、気に入った？」

「いや……」

笑いを浮かべて覗き込んだ根上から、美弥子はまた顔をそむけた。

その、どこか媚情のこもったような声といい、ようすといい、怒りや憤りは感じられない。

根上はバイブを手にすると、ふたたび名器に挿入した。

スイッチはオフのまま、ゆるゆると手で抽送した。

美弥子は眉根を寄せ、悩ましい表情を浮かべて必死に快感をこらえているようすを見せていたが、それも長くはつづかず、たまりかねたように、そのぶん感じ入って泣くような喘ぎ声を洩らしはじめた。

「先生、イキたくなったら、いつでもそういいなよ」

根上は思わせぶりに突き引きを繰り返した。

バイブに吸いつき絡みついてくるような女芯がクチュクチュという、生々しい音をたてる。

美弥子の表情が、せつなげで苦しそうなそれに変わってきた。

「アアッ、もう……」

切迫した泣き声でいうと、

「イカせてッ」

美弥子は訴えた。

根上はバイブを深々と突き入れると、スイッチを入れた。

くぐもったバイブの唸りと同時に、美弥子は昂った声をあげて軀をのけぞらせた。

そのまま、軀をわななかせてあっけなく昇りつめた。

だが唸りつづけているバイブが容赦なく、美弥子を絶頂に追い上げていく。

そのよがり泣きと悶えに興奮を煽られながら、根上は裸になった。ペニスは痛いほど硬直しきっていた。

美弥子はすすり泣くような声を洩らして軀をヒクつかせている。

たてつづけに二度昇りつめ、凄艶な表情を浮きたてている顔は、もう根上の存在など忘れて、つぎにくるアクメの瞬間だけを見ているようだ。

「アアッ、またッ、またイクッ、イッちゃう、イクイクーッ!」

美弥子がよがり泣きながら三度目のアクメを迎えると、根上はようやくバイブのスイッチを切った。

「先生、すっかりバイブが気に入ったようだね」

「うう〜ん、だめ〜」

根上がふたたび手でバイブを抽送しはじめると、美弥子は艶かしい声で焦れったそうにいって腰をうねらせる。

「そういいながら何だよ、そのいやらしい腰つきは」

「だって……アアン、たまんないッ」

「いいんだろ? オ××コが」

「アアいいッ、オ××コ、いいのッ」

美弥子は酔い痴れて、うわごとのようにいう。

根上はバイブを抜き取ると、バッグから犬用の首輪を取り出して美弥子の首に嵌めた。

そして美弥子の手足の拘束を解くと、根上自身が椅子に坐り、その前に美弥子を四つん這いに這わせた。

美弥子はまるで自分の意志を失ったかように従順そのものだった。

その顔には、陶然とした色さえ漂っている。

根上は首輪の紐を引いた。美弥子の顔が、根上の股間にきた。

硬直しきった肉茎を手にした根上は、その先で美弥子の顔を撫でまわした。

「ほら、犬のように舐めろ!」

美弥子の舌が、根上の肉茎に戯れるようにからんで舐めまわす。そして、花びらのような唇がそれを咥え込む……。

美弥子は顔を振って根上をくすぐりたてながら、そうするうちますます昂ってきた表情で、せつなげな鼻声を洩らす。

これほどのことをしながらも根上は、目の前の美弥子に白衣を着たときの彼女を重ね合わせると、まるで夢の中にいるようだった。

根上は立ち上がった。美弥子を四つん這いにしたまま、両手でむっちりとした尻を撫でまわすと、

「先生、犬みたいに後ろから犯されるのが好きなんだって？」

訊きながら怒張を手に、亀頭でヌルヌルしている割れ目をまさぐった。

「ウンだめ……アアッ、犯してッ」

美弥子は焦れったそうに腰を振って求めた。

「犯してやるよ！」

いうなり、根上は言葉どおり犯すように突き入った。

その瞬間、美弥子は達したような声を放ってのけぞった。

熱い潤みの中におびただしい襞の感触がある女芯が、まるで生きもののようにうごめいて怒張をくすぐり、締めつけてくる。

根上は興奮と激情をかきたてられて、

「先生、俺の奴隷になれ、なると誓うんだ！」

叩きつけるように美弥子の中に突き入りながら、いままで夢見ていたセリフを吐き出した。

根上の激しい律動のたびに啜り泣くような喘ぎを洩らしていた美弥子が、そのとき

何かいった。

「何だよ、ハッキリいってみろ!」

根上は動きを止めた。

「いやッ、もっと……」

美弥子は息せききって腰を悶えくねらせる。

「俺の奴隷になると誓うか」

「こんな、こんなことをされて、わたし、もう、まともじゃないわ。もう、どうにでもして、メチャメチャにして!」

美弥子は激昂したようにいった。

「あなたの奴隷になりますと誓うんだ」

命じると同時に、根上はまろやかな尻を平手打ちした。

「アウッ……ああ、あなたの、奴隷になります」

美弥子は昂った声でいうと、根上を挑発するように腰を振りたてた。

『やった!』

根上は胸の中で快哉を叫んだ。そして、両手で美弥子の腰をつかむと、我慢を解き放って荒々しく突きたてていった。

……マスクをしているために美弥子の表情は読み取れない。それでもうろたえている気配は見て取れた。

――歯科クリニックの治療室だった。

椅子に半分、仰臥したような格好の根上と、そのそばに白衣を着て立っている美弥子のほかに、助手で衛生士の女性が一人いた。

彼女は窓辺の机に向かって何かしていた。

そのスキをついて、根上が美弥子の白衣の下に手を滑り込ませたのだ。

美弥子はウィッグをつけていた。

根上の手は無毛のクレバスに這い、花芯に滑り込んだ。

美弥子は下着を着けていない。根上の言いつけだった。

根上の指先がとらえた割れ目は、すでに潤んでいた。根上がきたときから、そういう行為を予感していたためにちがいない。

根上は指で割れ目をなぞった。

その指の動きにつれて、美弥子の眼が潤みはじめた。腰がもどかしそうにうごめく。

当然、治療の手は止まっていた。

美弥子の眼は、ジッと衛生士のほうを視ている。緊張のせいだろう、強い眼差しだ。

そのとき、衛生士が治療室から受付のある部屋のほうに向かった。

「やめて！」

美弥子が根上を睨み、喘ぐように小声でいった。

だがすぐに、妖しい眼つきになると、

「今夜、いくわ」

といって腰をくねらせて根上の手から逃れた。

「いくわ」というのは、美弥子が変身のために借りている、あのマンションの部屋へである。

そこが、いまは根上と美弥子の密会の部屋になっているのだった。

女教師乱れて

1

あちこちに赤みがついて、ズキズキうずいている軀に、田宮翔太は顔をしかめてシャワーを当てながら思った。

——痛ェ〜。チクショウ、あいつらボコボコにしやがって……。だけど、そのせいで詩織先生の部屋にこれて、さっきあんなこともされちゃったんだから、これってラッキーだったのかも……。

しかも、いくつもの偶然が重ならなければ、こんなことにはならなかった。

そう考えると、ひどいめにはあったけれど、確かにツイていたといえなくもなかった。

春休みも残り二日になった昨日、翔太は親友の家に遊びにいって泊まった。

彼は高校に入って一番親しくなったクラスメートで、春休みに入ってまもなく、彼も翔太の家に泊まりにきた。

ふたりとも一人っ子のせいか、双方の親たちは息子の親友を歓迎した。もっとも息子たちが部屋でなにをしているか、まったく知らなかったからだが。

昨日も翔太と親友はパソコンでエッチなホームページを覗いたり、アダルトビデオやポルノ雑誌を見たりして、明け方ちかくまで女やセックスの話に熱中していた。

ふたりともまだ童貞だから、そういうことになると興味や好奇心が尽きないのだった。

親友には片思いの彼女がいる。クラスはちがうけれど同じ高校の同級生で、セックスの話になると、親友のそれは相手がはっきりしているだけに、興味や願望にリアリティがあって生々しい。

翔太にも、そういう相手がいないわけではなかった。それどころか、去年高校に入ってすぐに翔太を虜にした女性がいた。

それからずっと、翔太はその女性のことを思いつづけている。

ただ、たとえ親友でも、そのことを打ち明けるわけにはいかなかった。

その女性というのが、クラス担任で、英語教師の北条詩織だからだった。

初めて教壇に立った詩織を見たときのことは、いまも忘れられない。

その瞬間、翔太の全身を電流のようなものが走ったのだ。同時に心臓をわしづかまれたような感覚にも襲われた。

——北条詩織、二十七歳、独身。

なぜか自分でもよくわからないのだけれど、翔太には年上の女に憧れるところがあった。

といっても同世代の若い女の子に関心がないわけではもちろんなかった。そのうえで年上の女にも憧れるのだった。

ところが北条詩織に出会ってから、翔太に異変が起きたのだ。

詩織の顔だちはどことなく、翔太の好きな女性アイドルグループのメンバーの一人と似ていた。

もっともそれは見た目だけのことで、テレビなどで喋っているアイドルと詩織に似ているところはなかった。

というのも顔だちがどことなく似ているという以外、詩織にはすべてにおいて大人の女を感じさせるものがあるからだった。

翔太に起きた異変とは、そんな詩織に魅せられてからというもの、同じ年頃の女の子など、まったく目にも入らなくなったことだ。女やセックスにまつわる興味の対象も、寝ても覚めても詩織しかいなくなってしまった。

だがいくら思っても、どうにもならないことだった。

それ以前に、詩織は美人で、大人の女だ。高校一年生の翔太など、相手にされるはずもなかった。

そのことは、痛いほどわかっていた。それでいて詩織のことを忘れることも、あきらめることもできなかった。

翔太にとってそれは、絶望的な、狂おしい恋だった。

ところが親友の家に泊まった翌日のこの日、思いがけないことが起きたのだ。

昼過ぎになって親友の家を出た翔太は、自転車に乗って自宅に向かっていた。近道の公園を抜けていこうとしたとき、女たちと暴走族風の男たちがなにやら揉めているようなところに出食わした。

双方三人いて、よく見ると、あろうことか女の一人は北条詩織だった。

男たちの一人が詩織の肩を小突いていた。

あとで詩織から聞いた話では、買い物から帰る途中、男たちにからまれている若い女の二人連れを見て助けに入ったところ、こんどは男たちが詩織にからんできたということだった。

翔太はあわててあたりを見まわした。助けを求めようとしたのだが、あいにく付近に人はいなかった。

翔太はビビッた。相手は三人。しかも腕力に自信がない翔太が太刀打ちできる連中ではないことは、一目でわかった。

といって見て見ぬふりをしていきすぎるわけにはいかなかった。

——先生を助けなければ！

必死の思いが翔太を奮いたたせた。

自転車を放り出して駆け寄り、男たちを制止しようとした。

すると男たちはいきりたって、翔太に殴る蹴るの暴行を加えはじめた。

翔太は為す術（なすすべ）もなく、されるままになっているうち気を失った。

息を吹き返したのは、水の中だった。連中に噴水の周りの池に放り込まれたのだ。

そのとき、怒声が聞こえた。詩織と数人がかけつけてきて、連中は逃げていった。

池から助け出された翔太は、かろうじて立ち上がった。

最初に頬にパンチを食らって昏倒したあと、両腕で頭を抱えて蹴られるままになっていたので、首から上の痛みはそれほどでもなかった。

口の中が切れて出血していた。吐き出した鉄臭い匂いの唾液が真っ赤だった。

それよりも何度も蹴りを食らった腹部や背中に疼くような痛みがあって、前屈みになったまま上体を起こすことができなかった。

「田宮くんごめんね、わたしのせいでこんなひどいめにあわせてしまって。わたしの家、すぐそこだからもう少し我慢して、しっかりつかまってて」

詩織は謝りながら、ズブ濡れの翔太を自転車の後ろに乗せると、自転車を走らせた。

詩織の腰につかまった翔太は、両手にウエストのくびれを感じて、肌寒さと軀の痛みも忘れるほどドキドキした。

自転車は、公園のすぐそばのマンションの前で止まった。

詩織は翔太の腕を肩にまわさせ、抱きかかえるようにしてエレベーターに乗せた。

そこまでしてもらわなくても歩くことはできたし、詩織の服が濡れるのも気になったが、翔太は黙ってされるままになっていた。

それどころか、口がきけないほど胸が高鳴っていた。

そうしていると、脇腹のあたりに詩織の重たげに張ったバストの感触が伝わってくるからだった。

おまけに詩織のきれいなロングヘアから甘い、いい匂いが漂っていた。

それだけで、翔太は不謹慎にもペニスが充血してきていた。

部屋に着くと、玄関を入ったところで詩織は翔太を待たせておいて、バスタオルとバケツを持ってきた。

「服を脱いで、この中に入れて。洗濯して乾燥機にかけてる間、シャワーを浴びて。そのあと、傷の手当てをしてあげるわ。わたしも濡れちゃったから着替えてくるわね」

口早にそういうと、翔太に浴室の場所を教えて奥に引き返した。

翔太は濡れた服を脱いでバケツに入れていった。

──先生もいま、着替えている……。

そう思っただけで、ペニスがみるみるエレクトしてきた。

ブリーフも脱ぎ、腰にバスタオルを巻いたとき、詩織がもどってきた。

翔太はあわてて背中を向けた。バスタオルの前が持ち上がっていたからだ。

「まァ、ひどい！　こんなに傷ついて、痛いでしょ？」

詩織は驚いた声でいった。軀の前面と同じように背中も傷だらけになっているらしい。

「大丈夫。もうそんなでもないから」

翔太は強がりをいった。まだ全身疼くような痛みがあった。

そのときだった。詩織がびっくりするようなことをして、翔太をドギマギさせたのは。

「こんなひどいめにあわせてしまって、ホントにごめんなさいね」

詩織はまた謝って翔太を抱き寄せると、そっと背中に頰を押しつけてきたのだ。

そして、そのままじっとしていた。

といっても数秒の間だったかもしれない。

それでも驚き、うろたえ、舞い上がってしまった翔太には、ひどく長く感じられた。

――それにしても先生、なんであんなことをしたんだろう？　俺にすまないと思ったからって、あんなことするかな。

翔太は浴室から出ながら、首をひねった。

詩織の気持ちがまったくわからなかった。

2

乾燥機の中でぐるぐるまわっている洗濯物を、詩織はじっと見つめていた。

洗濯物の動きは、激しく動揺している詩織の気持ちと似ていた。

動揺は、思いがけないことで田宮翔太を部屋に連れてきたときからはじまっていた。

そして、彼の背中についているいくつもの赤い傷跡を見て思わず頬ずりしたときから激しく、息苦しいものになってきていた。

それも詩織が、田宮翔太に密かに特別な思いを抱いていたからだった。

去年の春、新入生のクラス担任になって、教室で初めて田宮翔太を見た瞬間、詩織は胸を突かれた。

顔立ちが、加瀬光彦（かせみつひこ）そっくりだったからだ。

加瀬光彦は、詩織の恋人だった。

詩織よりも一つ年上の商社マンで、ふたりは結婚を誓い合っていた。

ところが二年前、加瀬光彦はあえなくこの世を去った。

初めての海外出張中、ロスで交通事故の巻き添えにあったのだ。

詩織が受けたショックは、哀しみなどといった感情を失ってしまうほど強く、深いものだった。

当初は詩織自身、何度か死の誘惑にかられたことさえあった。

それほどまでに加瀬を愛していたから、立ち直るのは容易ではなかった。

田宮翔太との出会いは、ようやく生きる力がわいてきた矢先だった。

詩織は困惑した。まるで光彦が自分のことを忘れないでほしいと訴えているような気がした。

ところが困惑はしだいに詩織自身戸惑うような感情に変わってきた。

田宮翔太を光彦の生まれ変わりのように思って見ているうちに、あろうことか十一歳も年下の教え子に対して、いつしか恋愛感情のようなものがめばえてきていたのだ。

といってもそれは、光彦と出会った当初のような恋愛感情とはちがっていた。いってみれば、恋に恋するという感じだった。

それでも詩織は自分の中にめばえてきた感情にうろたえた。

教職にある身として、絶対にあってはならないことだった。

そう自分に言い聞かせ、努めて気持ちを抑えようとした。

けれども光彦のことを忘れられないうえに、翔太とはいやでも毎日顔を合わせるのだ。努力は実を結ばなかった。

それどころか逆に、タブーという障壁を前にするとよけいに燃え上がる恋愛感情と同じように、詩織の恋に恋する気持ちは強まってきた。

それも感情的なことだけではなくなった。肉体的な欲望にまで、翔太がかかわってくるようになってきたのだ。

光彦を失って以来、詩織に異性関係はなかった。

性の歓びを知った軀は、ときとしてたまらないほど疼き、みずから慰めずにはいられなくなる。

そんなとき、光彦との熱く狂おしい行為を思い出してオナニーにふけっていると、いつのまにか光彦が翔太にすり代わっているのだった。

なぜそんなことになるのか、詩織はうろたえながら自問した。

答えは、まさに現実的なものだった。光彦はすでにこの世にいないけれど、翔太はいる。

ただ、だからといって仕方ないですまされることではなかった。

詩織は自己嫌悪にさいなまれた。そして、自分に言い聞かせた。

——ただの妄想にすぎない。大丈夫、現実にはあり得ないことなのだから。

ところがこの日、思いがけないことからそれが現実になりそうになったのだ。

暴走族風の男たちに暴行された翔太の痛ましい背中を見たとき、詩織は全身が熱くなるような衝動にかられて彼を抱き寄せ、背中に頬ずりした。

その瞬間、詩織の中で翔太が光彦になっていた。

——あのとき翔太がじっとしていないで向き直り、抱きついてきていたら、きっとそのままではすまなかった……。

そう思うとホッとする。

それでいて詩織の中にはまだ、全身が熱くなったときの余韻が、まるで不完全燃焼のようにくすぶっていた。

そのことに動揺しながら詩織はふと、翔太のことが気になった。

そろそろ浴室から出てきてもいいはずだった。心配になって洗面所の前にいった。洗面所の奥が浴室になっている。

「翔太くん大丈夫?」

初めて名前で呼ぶと同時にドアを開けた。

瞬間、腰にバスタオルを巻いた翔太があわてて背中を向けた。

詩織は唖然とし、つぎにうろたえた。一瞬だが翔太が手にしているものを見たからだ。

それはまちがいなく、洗濯前の詩織の下着だった。

脱衣場を兼ねた洗面所の隅に、洗濯物を入れるケースを置いている。その蓋が開いたままになっていた。

恥ずかしいものを見られてうろたえた詩織は、とっさに言葉がなかった。

詩織以上にうろたえているだろう翔太も、背中を向けたまま固まってうなだれている。

そんな翔太を見て、詩織の胸は高鳴ってきた。

「翔太くん、手に持っているものはなに？」

詩織は訊いた。声がうわずっていた。

「俺、こんなことするつもりなんてなかったんだけど、先生の下着見て……すみません」

翔太は蚊の鳴くような声で言い訳して、謝った。

「こっちを向いて」

翔太の反応でいくらか余裕を取りもどした詩織は、ふだんの口調でいった。

一瞬間があって、翔太の軀がゆっくりと詩織のほうに向きを変えた。

顔を赤らめて狼狽しきったようすでうつむき、両手でバスタオルの前を押さえている。

その手には、ピンク色のショーツが握られていた。

詩織は胸騒ぎをおぼえた。翔太がバスタオルの前を押さえている理由がわかったからだ。

それでいて、訊いた。

「どうして前を押さえてるの？」

「……」

翔太は黙っている。というより答えられないのだろう。うろたえている顔の赤みが増している。

「両手を脇に下ろしなさい」

詩織は教師らしい口調でいった。

翔太はためらいを見せた。が、観念したようにおずおずと両手を下ろした。

詩織の下着を盗み見ていたのが発覚したショックで、いくらか萎えたのかもしれない。それでも白いバスタオルの前ははっきり持ち上がっている。

それを見て、詩織の心臓の鼓動が速まり高鳴った。

「バスタオルの前が膨らんでるのはどうして?」

息苦しさでかすれたような声になった。

「いけないと思ったけど、先生の下着見て、それで……俺、先生のこと、ずっと好きだったから……」

翔太はうなだれたまま、しどろもどろにいった。

詩織は虚を突かれた。

こんな状況で翔太が口にした「好きだった」という意味は、憧れていたとか好感を持っていたとかではなく、詩織を一人の女として意識し、恋愛感情を抱いていたと解釈すべきで、それは想ってもみなかったことだった。

だが翔太も自分と同じような思いを抱いていたのだと思うと、動揺した。

「でも、それだけだとまだ、どうしてバスタオルの前が膨らんでいるのか、先生わからないわ。説明して」

およそ想像はついていたけれど、それになぜかわからないけれど、動揺が詩織に意地悪な質問をさせた。

「そんな……」

翔太は困惑したようすで口ごもった。

詩織は嵩にかかって訊いた。

「先生の下着を見て、エッチなことを想像してたんじゃないの？」

翔太はまた顔を赤らめ、しぶしぶといった感じで小さくうなずいた。

「どんなことを想像してたの？」

「頼むよ、もう許してよ」

翔太はうつむいたまま、泣きだしそうな表情と声で懇願した。

「いけない子ね。じゃあ許してあげるから、バスタオルを取ってごらんなさい」

「そんな……恥ずかしいよ」

顔を上げた翔太が、うろたえた表情でいった。

「翔太くんはなにをしたの？　先生の恥ずかしい下着を見たんでしょ」

詩織の追及に、翔太は仕方なさそうにうなずいた。

「それって、いけないことじゃないの？」

「いけないことだと思う……」

ぶっきらぼうな口調で翔太は答えた。

「認めるのね？」

うなずく。

「だったら、罰を受けるのが当然でしょ。ちがう？」

ちがわないというように、翔太はかぶりを振った。

「じゃあ罰として、バスタオルを取りなさい」

詩織は命令口調でいった。

もう逃れようがないと観念したらしく、翔太はしぶしぶバスタオルを取って、両手で股間を隠した。

詩織はいった。

「手をどけて」

翔太の手が股間から離れて、ペニスがあらわになった。

それを見たとたん、詩織は息を呑んだ。と同時にカッと全身が熱くなって、軽いめまいに襲われた。

それは、まだ完全に勃起しているとはいえない状態のようだった。それでいて、標準といわれるサイズをはるかに超えていた。まさに巨根だった。

翔太は背が高いが軀は細身だ。そのせいで、巨根がよけいにそう見える。

詩織はそれに眼を奪われたまま、まともに息ができなかった。

ひとりでに恥ずかしい部分がうごめき、ジュクッと音をたてるのを感じて軀がふるえた。

もう立っていられなかった。崩れるように教え子の前にひざまずいた。

目の前に巨根があった。

3

翔太は信じられなかった。

半勃ちの状態のペニスの前に、詩織がひざまずいているのだ。

恥ずかしさは吹き飛んでいた。かわりに息をするのが苦しいほど心臓が高鳴っていた。

「ああ、翔太くんの、すごいのね。見ないほうがよかったわ。先生、変になってしまって……」

詩織がうわずった声でいった。

翔太はあわてて腰を引きかけた。詩織の両手が太腿を這って、ペニスのほうに向かってくるのだ。

「こんなことをする先生、いや?」

陰毛と一緒にペニスの周りを撫で回すようにしながら、詩織が翔太を見上げて訊く。

翔太はかぶりを振った。それも不自然なほど強く。

「先生、さっきは翔太くんが好きだっていってくれて、うれしかったの。どうしてかっていうと、翔太くんが、二年前に亡くなった、先生が愛してた人と、とても似てて、先生も翔太くんのことが好きだったから」

詩織は目の前のペニスを見つめたまま、怒っているような強張った表情で息苦しそうにいった。

女の経験がない翔太でも、その表情が極度の興奮のためだとわかった。

翔太は驚いていた。詩織のようすにもだが、それ以上に詩織がいったことに。そんな理由で詩織に好かれていたなど、もちろん夢にも思わなかった。

驚いただけではなかった。「好きだった」といわれて、うれしくて舞い上がってもいた。

「でも、生徒のあなたにこんなことをするなんて、先生の資格はないわね」

詩織が自嘲するようにいった。

「そんなことないよ。俺、どんなことがあったって、先生のこと好きだよ」

翔太は気負っていった。

「翔太くんの気持ちはうれしいわ。でも先生のこと、軽蔑して。そのほうが先生はいいの」

「どうして？」

「少しは気持ちが楽になるからよ」

翔太にも、詩織のいっていることの意味がわかった。

詩織は罪悪感にさいなまれて軽蔑してほしいといっているのだ。

それに対して、翔太は返す言葉がみつからなかった。

そのとき、「ああ」と詩織がうわずった声を洩らした。

「すごい！」

陰毛と一緒に周りを撫でまわされているうちにビンビンに勃起してきたペニスを、詩織はさらに興奮が浮きたったような表情で凝視している。

詩織の手がペニスに触れてきた。

「あ――！」

反射的に翔太は腰を引いた。

「翔太くん、まだ女性の経験はなさそうだけど、そう？」

反応を見てそう思ったらしく、詩織が訊く。

翔太はうなずいた。

「初めての相手が、先生みたいな女だといや？」

詩織は翔太を見上げて訊いた。

翔太は一瞬、啞然とした。

詩織は自分が初体験の相手をしてもいいといっているのだ。

とっさにそれが信じられなかった。

だが詩織は真剣な顔をしている。

「いやだなんて、そんなことあるわけないよ！」

翔太は興奮していうと、訊き返した。

「でもマジ？」

詩織は真剣な表情のまま、うなずいた。そして、黙って翔太の手を取った。

そのまま、ふたりは洗面所を出た。

詩織の部屋は、ワンルームだった。翔太の胸は興奮と緊張で息苦しいほど高鳴り、足取りは雲の上を歩いているようだった。

ベッドのそばまでいくと、詩織は翔太と向き合った。

翔太は全裸、詩織はセーターにタイトスカートという格好だった。

詩織はセーターを脱ぎはじめた。袖から腕を抜いて、持ち上げていく。

それを見ているだけで翔太は、いきり勃っているペニスがヒクついた。

上半身白いブラだけになった詩織が、さらにスカートを脱いでいく。

現れてきたのは、悩ましいラインを描いている腰にフィットした、シンプルなデザインのハイレグショーツだ。

ショーツのこんもりと盛り上がった丘が、翔太の怒張をうずかせた。

詩織がブラを取り去った瞬間、翔太は固唾を呑んだ。

プロポーションが抜群なうえにけっこうグラマーだろうと想っていたけれど、むき出しになったバストは想像したとおりの、豊かな美乳だった。

さらに翔太は息を呑んだ。

ショーツを下ろして足から抜き取った詩織が、全裸の軀を隠そうともせず、目の前に立っているのだ。

翔太の眼は、きれいにくびれたウエストから悩ましくひろがった腰部の中心に釘付けになっていた。

セックスの経験はなくても、アダルト動画などで女体についての視覚的な経験だけは豊富な翔太だった。

それでも詩織は別だった。ましてやナマの詩織は。

そのため、詩織の下腹部の、黒々として艶のあるヘアも、特別に煽情的に見えて、怒張に甘くしびれるような快感がわきあがった。

「ああ、翔太くんの、ますますビンビンになって、ヒクヒクしてる」

詩織がうわずった声でいって、

「うれしいわ、先生の裸見て感じてくれて」

と、翔太の軀を抱き寄せた。

全裸同士の軀が密着して、えもいわれぬ気持ちのいい女体の感触に、翔太は全身の血が逆流するようだった。

それればかりか、怒張が詩織の下腹部に当たっているだけで暴発しそうになって怯え、

「だめだよ」

と、あわてていって詩織を押しやった。

「そうね。翔太くん初めてだから、こんなことをしてたら我慢できなくなっちゃうわね」

詩織はそういうと、

「いちど、出しちゃう?」

と、やさしい口調で訊く。

「出す」が射精を意味していることはすぐにわかったが、どうやって出すのか、詩織の手でか、口でか、膣でか、わからない。

それでも翔太は胸がときめき、うなずいた。

——先生の言い方だと、二度目もあるということだ。一回射精すれば、二回目はかなり我慢できる。

翔太はそう思った。

詩織は翔太の手を取ってベッドに上がった。そして仰向けに寝ると、

「きて」

といって両方の膝を立て、恥ずかしそうにゆっくり開いていく。

翔太は戸惑った。きて、というのが挿入を求めてるのか、それとも指とか口を使った前戯を催促しているのかわからず、焦った。

セックスの知識だけは過剰なほど頭に詰め込んでいる翔太だが、実際に女を前にすると、そんなものはまったく役に立たなかった。

というよりも緊張と興奮のあまり、頭の中はほとんど真っ白になっていた。

——先生のアソコをよく見てみたいし、見せてもらえば、穴とかわかるんだけど

そう思って翔太は訊いた。

「前戯とかは……？」

「いいの。先生も翔太くんの立派なモノ見て、もうあふれちゃってるから。ね、きて。先生が教えてあげるから、緊張しなくていいのよ」

詩織は両手を差し出していった。

やさしい口調だが、詩織も興奮しているらしく、硬い表情をしている。

翔太は詩織の膝の間に腰を入れた。

詩織の手が怒張をとらえて、黒々としたヘアの下に覗き見えている茶褐色の肉びらに亀頭をあてがった。

ベトッと濡れた女性器の生々しい感触に、翔太は軀がふるえた。

詩織が亀頭をヌルヌルしている割れ目にこすりつける。

ゾクゾクする快感に襲われて、翔太は喘ぎそうになった。

その瞬間、ヌルッと亀頭が滑り込んだ。

初めて女の秘めやかな粘膜を感じて、翔太はほとんど逆上して、腰を突き出した。

ヌル〜ッと、怒張が膣に侵入する。

身ぶるいするほど気持ちのいい感触と一緒に奥深くまで突き刺さると、

「アアッ」

「アアーッ」

翔太のうわずった声と詩織の感じ入ったような声が交錯した。

「ああ、翔太くんの、入ってるのよ」

詩織が昂った声でいった。

怒張を受け入れているせいか、表情にもこれまでとはちがった、艶かしい昂りの色が浮きたっている。

——すげえきれいだ！

そう思って翔太が詩織の顔に眼を奪われていると、

「ね、動ける？」

詩織がいった。

翔太は神妙な顔つきでうなずくと、恐る恐る腰を使った。

「そう、そうよ」

詩織の悩ましい表情を見て、翔太は勢いを得てクイクイ腰を振った。

「アアッ、そう、上手よッ。アアン、いいッ。いいわッ」

詩織が息を弾ませながらいう。

「翔太くんはどう？」

「俺も、めっちゃ気持ちいいッ。だけど、すぐに我慢できなくなっちゃいそうだよ」

翔太は快感を告げ、怯えていった。

ペニスが蜜壺の中をこする感覚は、マスタベーションなんて比較にならない、腰のあたりがとろけてしまいそうな快感だ。

それに百パーセント可能性はないと思っていた詩織とセックスしていることで興奮をかきたてられて、いまにも発射しそうだった。

「いいのよ、我慢できなくなったら出しても。そのときはいって。先生も一緒にイクから」

翔太ほどではないにしても、詩織ももうイケるところまで快感が高まってきているようだ。

詩織にそういわれて、翔太は夢中になって腰を律動させた。

すぐに我慢できなくなって、

「先生、出ちゃうよ！」

切迫した声でいった。

「いいわ、出してッ。先生の中にいっぱい出してッ」

詩織の弾んだような声を聞いて、翔太はズンと蜜壺の奥に突き入った。背筋がふるえる快感に襲われて、

「アア出る！」

と、呻くようにいうなり、ビュッ、ビュッとたてつづけに勢いよく快感液を発射した。

そのたびに詩織が泣くような喘ぎ声をあげるのを聞きながら。

4

「初体験の感想はどうだった？」

詩織はシャワーを浴びた軀にバスタオルを巻いてもどってきながら、先にシャワーをすませて裸でベッドに腰かけている翔太に笑いかけて訊いた。

「最高だった。でもまだ夢みたい……」

翔太は笑い返していった。

初体験をすませたせいか、その笑い顔にはそれまでなかった余裕のようなものがあ

った。

「で、お願いがあるんだけど、こんどは先生のアソコ、見せてもらえないかな」

唐突に、それも真剣な表情でいわれて、詩織はうろたえ、頬が火照った。

「ね、いいでしょ？」

立ち上がった翔太がそういうなり詩織のバスタオルを取った。

バスタオルの下は全裸だった。

「そんなこといわれても……」

詩織は口ごもった。恥ずかしいといおうとしたのだが、早くもエレクトしかけているペニスに眼を奪われて、声にならなかった。

「じゃあ無理やりに見ちゃおうかな」

翔太が笑って冗談っぽくいった。

「見たいなら見ればいいでしょ」

詩織は思わずやり返した。そして、翔太の前にひざまずくと、もう水平にまで持ち上がっているペニスに両手をからめた。

無理やり見ちゃおうかな、という翔太の言い方に、自分でもよくわからない興奮をかきたてられていた。

そのまま、ねっとりと亀頭に舌をからめながら、ちらちら上目遣いに見ていると、最初は唖然としていた翔太の顔がみるみる興奮したそれに変わってきた。

「先生って、フェラ上手いんだね」

翔太がうわずった声でいって、

「亡くなった彼氏に教えられたの？」

と訊く。

教え子にフェラチオを褒められて一瞬複雑な気持ちになった詩織だが、どこか妬ましそうな翔太の口ぶりに、こんどは開き直った気持ちになって、怒張から口を離すと翔太を見上げると、

「そうよ」

と、挑発的な眼つきと口ぶりでいった。

詩織の反応に、翔太は気押されたようなようすを見せた。

それを内心おもしろがりながら、詩織はまた熱っぽく怒張を舐めまわし、くわえてしごいた。

フェラチオのテクニックは、事実、光彦に教えられたものだった。

それだけではない。セックスについてはいろいろなことを光彦から教えられた。と

いうより仕込まれた。

そんな光彦とのことを思い出してフェラチオをしているうちに、詩織はますます猥りがわしく、ときおり音を響かせて怒張をしゃぶっていた。

詩織の場合、フェラチオをしていると自分も興奮し欲情してくるところがある。夢中になっているうちに猥りがわしくなるのは、そのせいでもあった。

「すげえ！　先生に、そんなAV女優みたいなしゃぶり方されたら、たまんないよォ」

翔太が悲鳴のような声をあげて腰を引いた。

口から滑り出て生々しく弾んだペニスは、いきり勃って腹を叩かんばかりになっている。

詩織が目の前のそれに眼を奪われていると、翔太に抱き起こされた。

「こんどは俺が先生のアソコを見る番だよ」

そういわれて、さきほどとは反対に翔太にベッドに上げられた詩織は、もうされるままになるしかなかった。

ベッドに仰向けに寝かされて、膝を立てた格好で両脚を開かれると、全身が火になったように熱くなって、軀の芯がふるえた。

快感をともなったふるえだった。

「へえ〜、先生のオ××コって、こんなだったんだ……」

股間を覗き込んだ翔太が、興奮した声で露骨なことをいった。

詩織はカッと頭の中が熱くなった。

「いやッ、そんないやらしい言い方」

いたたまれない恥ずかしさで声がふるえた。

それでいて、脚を閉じようとはしなかった。翔太に見られて興奮をかきたてられているからだった。

翔太の両手が恥ずかしい部分を押し分けた。

唇に似た襞が開かれた感覚に、詩織はゾクッとして喘いだ。同時に腰がヒクついた。

「先生って濡れやすいんだな。もうビチョビチョだよ」

「ああん、翔太くんて意地悪ね。いやらしいことばかりいって」

詩織は身悶えた。自分でも戸惑うような艶かしい声になった。

翔太のいやらしい言い方をなじりながらも、本当はそれがいやではなくて、それどころか興奮を煽られていた。

翔太にいわれたとおりだった。いまあからさまにされている部分は、フェラチオをしていうちに蜜があふれてきて、それが詩織にもわかっていた。

それだけではなかった。

そこを翔太に見られていると、それにいやらしいことをいわれると、ひとりでに奥がざわめいて、ジュクッと蜜が湧きだしてあふれそうになっているのも、わかっていた。

「アウッ——！」

いきなりズキンと疼くような快感に襲われて詩織はのけぞった。

クリトリスを、翔太の舌でこすり上げられたのだ。

その舌がつづいて、過敏な肉芽を舐めまわす。しかも初めてとは思えないほど慣れた感じでこねるようにしたり、弾いたりする。

「アアッ、いいッ、いいわッ。感じちゃう！」

詩織は泣きたくなるような快感をこらえきれず、腰をうねらせながらいった。

「なんで？　翔太くん初めてなのに、どうしてそんなに上手いの？」

「エッチの知識だけは豊富なんだ。でも先生に褒められたら、うれしいな」

翔太は行為を中断して弾んだ声でいうと、気をよくして勢いを得たか、攻めたてるように舌を使いはじめた。それも詩織のフェラチオと同じように生々しい音を響かせて。

光彦を失って以来、オナニーでしか性欲を解消できなかった詩織にとって、攻めたてると同時にまるで貪るような翔太のクンニリングスにかかると、ひとたまりもなかった。

さきほど翔太が早々と射精したときと同じように、たちまち絶頂に追いやられて、よがり泣きながら腰を振りたてた。

「先生、こんどはバックでしてみたいんだけど……」

オルガスムスの余韻に浸る暇もなく、翔太が息を弾ませていった。

それ以上に荒い息遣いをしていた詩織は、ゆっくりと起き上がった。

──四つん這いになって、後ろから翔太の巨根で貫かれる。

その淫らな情景が頭に浮かぶと同時にしたたかな快感が軀に生まれ、興奮を煽られてゾクゾクしながら、詩織は四つん這いになった。

そして、ふと思った。教え子と関係を持ってしまった教師には、ふと獣のような格好が似つかわしいと。

「正直いって俺、よく先生とバックでしてるとこ想像して、オナニーとかしてたんだ」

背後から翔太が興奮した声でいうと、押し入ってきた。

刺し貫かれるような肉棒の侵入感と、子宮にわきあがった甘美な疼きに、詩織は呻いてのけぞった。

翔太が肉棒を抜き挿しする。

初めてのときにはなかった力強い動きで膣をこすり、子宮を突きたててくる。

たちまち泣きそうになるほどの快感をかきたてられて、詩織は上体を伏せてヒップを突き上げた。

さらに快感がほしくなって、思わずあられもない体勢を取ったのだ。

そうすることで、肉棒を抽送される感じも、奥を突かれる感覚も強まり、快感がますますたまらなくなって、それが泣き声になった。

「先生、いいの?」

肉棒の動きに合わせて詩織が感泣を洩らしていると、翔太がうわずった声で訊く。

「いいのッ。たまンないッ。翔太くんは?」

「俺もめっちゃ気持ちいいよ。それに、ズコズコしてるとこも、先生の尻の穴も見えちゃって、興奮しまくってるよ」

「そんなァ、いやッ」

詩織は嬌声をあげて身をくねらせた。

翔太にあからさまなことをいわれて、強い恥ずかしさをおぼえると同時に一気に興奮を煽られ、

「アアイクッ!」

ふるえ声を放って達した。軀が手放しにわななく。

「先生、イッちゃったの?」

翔太がなおも肉棒を抽送しながら、驚いたような声で訊く。

「アアッ……」

詩織は喘いでうなずいた。口をきくことができない。

「先生、こんどは上になってみて」

そういうと翔太は詩織から離れた。

ツルッと、肉棒が膣から抜け出た瞬間、軀がヒクついて、詩織は喘いだ。

すぐに起き上がることができず、横に倒れると、仰向けに寝ている翔太の、棒杭のように突っ立っている怒張が眼に入った。

騎乗位が頭をよぎってゾクッと子宮がざわめき、喘ぎそうになった。

詩織は怒張を見つめたまま、ゆっくり軀を起こした。

緩慢な動作で翔太の腰をまたぐと、股間を覗き込んで肉棒を手にした。

じっと食い入るように見ているだろう翔太の視線を痛いほど感じて興奮し、ふるえそうになりながら、クレバスに亀頭をこすりつけた。

いやらしいほどヌルヌルしている粘膜の中の秘口に亀頭をあてがうと、息を詰めて腰を落としていく。

下からヌル〜ッと肉棒が滑り込み、突き上げてくる。

身ぶるいする快感に襲われながら腰を落としきると、

「アーッ」

めまいと一緒に快感が口から迸った。

詩織は翔太の胸に両手をついて、緩やかに腰を律動させた。

「アアいいッ、気持ちいいッ」

たまらない快感がそのまま言葉になった。

「奥がグリグリこすれてる。これがいいの？」

翔太がうわずった声で訊き、両手に乳房をとらえて揉む。

「そう、これがいいのッ、たまらないのッ」

詩織は翔太の腕につかまって腰をクイクイ振りながら、泣き声で答えた。

「先生、たまらなくなってイキたくなったら、イッていいよ。俺、一回出してるんでまだ我慢できるから。それに、これで二回目出しても、まだ二三回はかるくいけちゃうから、先生を何回もイカせてあげるよ」

翔太が自信たっぷりにいう。

それを聞いて詩織はうろたえた。そして、最初から気になっていたことを口にした。

「翔太くん、お願いがあるの。先生のいうことを聞いて」

「なに？」

「先生とのこと、これっきりにして。そして、今日のことは忘れて」

「そんな！　そんなことできないよ、できるわけないじゃないか」

翔太はあわてたようすと憤慨した口調でいった。

「でも先生と翔太くんのこと、許されることじゃないのは翔太くんだってわかってるでしょ。もしふたりのことが発覚したら、ふたりともただではすまないのよ。だからお願い、先生のいうことを聞いてちょうだい」

「だったら、バレないようにすればいいじゃないか。これっきりなんて、俺絶対にいやだからね」

翔太は言い放つと、動きを止めていた詩織の腰を両手でつかみ、前後に強く揺すりたてた。

「アアッ、だめッ……」

詩織は翔太の手を制しようとした。

だができなかった。子宮口と亀頭が激しくこすり合ってわきあがる甘いうずきに抗しきれず、されるままになった。

すると翔太は、詩織の腰を前後させると同時に自分の腰をグイグイ突き上げてきた。

したたかな快感のうずきが体奥にわきあがって、詩織は一気に絶頂に追いやられた。

「アアだめッ、イクッ、イクイクーッ！」

めくるめく快感に襲われながら達すると、さらに欲情を抑えることができなくなって、みずから腰を律動させた。

そのとき、レースのカーテン越しに差し込んでいる春の日差しが眼に入った。

荒い息遣いになってきれぎれによがり泣きながら詩織は、その日差しがみるみる翳（かげ）っていくのを感じていた。

淫する

1

吉武隆昭(よしたけたかあき)は、公園のベンチにぼんやりと座っていた。

十二月の初めにしては穏やかな小春日和の昼下がりだった。

園内には吉武のほかに一人、若い娘がベンチに座っていて、スマホをいじっていた。ふたりがいるベンチは少し離れているので、ときおり彼女が発する若者特有の驚きの言葉以外、吉武には聞こえなかった。

街中にあるこの小さな公園に、吉武はほとんど毎日のようにきている。

その前に決まって駅の立ち食いそば屋で昼食を摂(と)り、腹ごなしに駅から徒歩で五分ほどの距離にある公園までぶらぶらやってきて、ベンチに腰を下ろしてしばらく時間をつぶす。

もっとも、雨の日はそういうわけにもいかない。そのときは公園のベンチがデパートか映画館になる。

吉武にとって、ここ十日ほどは時間つぶしが日課になっている。

朝いままでどおりの出勤時間に自宅を出ると、午前中はハローワークにいってパソコンの求人情報を覗き、それから夕方帰宅するまでの間、なんとかして時間をつぶさなければならない。

根が真面目でカタブツの吉武は、もとよりギャンブルや女遊びをしないので、時間つぶしは容易ではない。

しかも毎日となると公園はともかく、デパートや映画館はそうもいかず、あとは当てもなく街中をうろつくしかない。

「おじさん、大丈夫？」

突然声をかけられて吉武は驚き、顔を上げた。

少し離れたベンチにいた若い娘がそばにきて、心配そうな表情で吉武の顔を覗き込んでいた。

「ん？　大丈夫って？」

「だってェ、さっきから見てたら、自殺でもしちゃうんじゃないかって顔してるんだもん、気になっちゃうよ」

「そうか、おじさん、そういう顔してたか」

　吉武は苦笑いした。

「心配してくれてありがとう。でも自殺なんてしないから大丈夫だよ。自殺するには勇気が要るからな。おじさんにはそんな勇気はないから、蒸発しようかなんて、バカなこと考えてたんだよ」

　真面目な顔つきになって彼女に礼をいい、自嘲ぎみに本音を洩らした。

「蒸発って、消えちゃうってこと？」

「ああ、そうだな」

「マジに？」

「いや、考えてみただけだよ」

「でも消えちゃいたいと思ったんでしょ？」

「まァね」

　吉武はまた苦笑いした。

「ね、なんで？」

なぜか彼女は興味津々の顔つきで訊き、吉武の横に腰かけた。

戸惑った吉武は、そのときふと、ちょっと濃いめのメイクをしている娘が、化粧を落とせば見た目、清楚な美少女にもどるんじゃないかと思った。

前髪にかるくウエーブがかかったセミロングの髪も、茶髪ではなく、黒くて艶がある。そして、ハイネックのセーターの上にふわふわした毛の縁取りのついたショートコートを着て、ミニスカートにブーツを履いている。

それより吉武は蒸発したいわけを聞かれて困惑した。それに彼女の興味津々の表情も気になった。

「なんでって、きみみたいに若い子がどうしてそんなことに興味があるんだ？」

彼女はふっと表情を曇らせてうつむくと、

「あたしもときどき消えたくなっちゃうの。ていうか、家にいたくなくなっちゃって、プチ家出とかするから、おじさんはどうしてかなァとか思って……」

つぶやくようにいう。

〝プチ家出〟のことは、吉武も週刊誌かなにかで読んで知っていた。完全な家出ではなく、何日か家に帰らなかったりすることを、そういっているらしい。

「なにか悩みがあるの？」

吉武は訊いてみた。

「まァね」

彼女は顔を上げると、作り笑いのような笑みを浮かべて、さっきの吉武と同じ答え方をした。

その笑顔を見て、吉武はなぜかふと、苦しい胸のうちを明かしたくなった。

「じつをいうと、おじさんは十日ほど前にリトスラで会社をクビになっちゃったんだよ。でも、どうしてもそのことを家族にはいえなくてね、いままでどおり毎日会社にいくフリをしてるんだ。早く再就職口を見つけなきゃと思ってるんだけど、この不況だからね、なかなかむずかしいんだよ」

「へえ〜、それで悩んでるんだ。でもどうして家族にいえないの？　ホントのこといっちゃって、家族みんなに協力してもらえばいいじゃん」

彼女はこともなげにいってのけた。

「それができる家族ならいいんだけどね、恥ずかしい話、うちはそうじゃないんだ。女房も子供たちも、おじさんが働いてるおかげで生活できてるなんて、これっぽっちも思ってないんだ。感謝する気持ちなんてまったくないし、当たり前だと思ってるんだよ。だからリストラされたなんていったら、おじさんのことよりこの先自分たちの生活がどうなるかって心配でパニックになるに決まってる。それだけならまだしも、女房はやいのやいのとおじさんの尻を叩いて、子供たちはおじさんをバカにするのが目に見えてるんだよ」

「そういうの、おじさんムカつかないの？」

つい日頃の鬱憤を晴らすように愚痴った吉武に、彼女は呆れたように訊く。

吉武は自嘲の笑いを浮かべていった。

「そりゃあムカつくこともあるさ。でも情けない話だけど、おじさんなんて家では空気みたいなもんだからね、相手にもされないんだよ。だからもう諦めてるんだ」

「おじさんのとこも、みんな勝手なんだ」

彼女は妙な言い方をした。

吉武は訊いた。

「きみのとこもそうなのか」

「うちは親だけど、ふたりとも勝手なことをしてるの」

「どんな？　あ、ごめん、無理にいわなくていいよ」

つられて訊いた吉武は、あわてていった。

「おじさんて、やさしいんだね。謝らなくていいよ」

彼女はちょっと驚いたようにいうと、ふっと投げやりな感じで笑って、

「うちの親、両方とも浮気してんの。それでいて、ふたりともあたしの前ではなにごともない顔してさ、たぶんうしろめたいからだろうけど、あたしにキモイほど甘いの。超ムカついちゃうよ」

最後は顔をしかめて吐き捨てるようにいった。

「それで家にいたくないのか」

「そう。いまだって昨日から家に帰ってないの」

「じゃあ親は心配してるだろう」

「全然。逆にホッとしてるよ。ふたりともあたしに浮気のこと気づかれたんじゃないかってヒヤヒヤしてるみたいだから」

「それでもホッとなんかしていないと思うぞ。うしろめたくて娘に口うるさくいえないとしたら、そのぶんよけいに心配してるはずだ。子供のこととなると、親ってそういうもんだよ」

「でもそれって、うちの親の場合、自分らのせいじゃない。勝手だよ」

彼女は憤慨していった。

吉武は返す言葉がなかった。

「そんなことより、あたしおじさんにお願いがあるんだけどな」

彼女は気を取り直したように明るい表情になって、弾んだ声でいった。

「ね、これから一緒にホテルにいってくれない？」

吉武は一瞬唖然とし、うろたえた。

「ホテル!?」

「あたし、昨日から寝てないからシャワー浴びて寝たいの。一緒に遊んでた友達んちにいくはずだったんだけど、彼女が彼氏のとこにいっちゃったから予定が狂っちゃったの。ホテル代出してくれたら、おじさんとエッチしてもいいよ」

彼女は屈託なくいう。

「バカなことをいうもんじゃないよ。だったら家へ帰ればいいじゃないか」

「だめよ、今日はお母さんがいるから」

「今日はって、いつもはいないのか」

「うちの親、ふたりとも仕事してるの。でも今日はお母さんの休みの日だから、いま帰ったら学校サボッてるのがバレバレじゃん。ただ、早引きしたっていえばなにもいわないけど、そういうのもヤなの。おじさんならわかってくれるでしょ？」

「どうして？」

「だって、消えちゃいたいとか思ってるとこ、あたしと同じだもん」

「同類ってことか……」

吉武はつぶやいて苦笑した。だがすぐに真面目な顔にもどっていった。

「きみのことはわかっても、ホテルなんかいけないよ。第一、学校をサボってるってことは、きみはまだ高校生なんじゃないか」

「これでもあたし、一応高校は卒業してるの。で、いまは予備校生――といっても夏ぐらいまではマジメにいってたんだけど、それからはいってない。でも親には通ってることにしてるの。いろいろウザイから」

「だめじゃないか。大学を目指してるんだったら、ちゃんといかなきゃ」

「目指してなんかないよ。予備校だって、親にいわれて入っただけだもん」

「どういうことだ？」

「うちの親、両方ともあの超エリート校のT大を出てて、あたしの大学進学もT大しか認めないの。あたしなんか、子供の頃からずっとそういわれつづけてて、それでがんばって成績はマァマァだったんだけど、T大受験に落ちちゃったわけ。で、とりあえず予備校ってことになったの。だけど、あたしは最初からT大にいきたいわけじゃなかったから、それ親にいったのよ。でも全然わかってくれなくて、それでだんだんイヤになっちゃって……」

「そうか、それは辛いな。きみの気持ちはよくわかるよ」

彼女の話にじっと耳を傾けていた吉武は、久々に熱い気持ちになっていった。

「ただ、ぼくにはこんなことをいう資格はないけど、あえていわせてもらうと、まだ若いきみが、だからといってこんなことをしてちゃいけない、もっと自分を大切にして、きみらしい生き方をするべきだよ」

吉武の熱っぽい口調に、彼女は驚いたような表情を見せた。

「おじさんて変わってるね。ていうか、珍しいよ。おじさんぐらいの男って、こっちが誘ったらすぐに鼻の下伸ばしちゃって、ホイホイノッてくるのがフツーだよ」

「え!? いつもそんなことをしてるのか?」

「あたしはしてないよ。〝売り〟とかやってる友達の話。彼女なんて、もう高校生じゃないのに高校生のフリして、オヤジは女子高生に弱いからチョロイもんだっていってる」

ことをなげに笑っていう彼女に、吉武は啞然として言葉がなかった。

「でもおじさん、どうせ暇なんでしょ。だったらあたしに付き合ってよ。ホテルいってもエッチしなきゃいいじゃない。あたしシャワー浴びて寝ちゃうからさ」

彼女はそういうと、ベンチから立ち上がった。

「ね、いこうよ」

と、吉武の腕を取って引っ張る。

吉武はあわてていった。

「おい、やめろ。人が見てるよ」

公園の前の通りを歩いている通行人が、ふたりに不審な眼を向けていた。

「お父さん、早くいこうよォ」

彼女が通行人に聞こえよがしにいって吉武の腕を抱え込んだ。

吉武は一瞬呆気にとられた。そんな吉武を、彼女はおかしそうに笑って見て、そのまま歩きだした。

2

――とんでもないことになってしまった。

それが吉武の偽らざる気持ちだった。

浴室からはリサが使っているシャワーの音が聞こえていた。

そこは、シティホテルのツインルームだった。

酒も煙草もやらない吉武は、シャワーの音を聞きながら、冷蔵庫から取り出した缶コーヒーを飲んでいた。

気が動転しているうえに緊張もしていて、ひどく喉が渇いていた。

リサという名前は、彼女が浴室にいく前に聞いた話でわかったのだが、そのときの話によると、リサは一人娘で、父親は大学病院の勤務医、母親は大手製薬会社の重役らしい。父親は吉武より一つ上の四十八歳ということだった。

吉武にも高校二年生の娘がいる。娘とそう歳がちがわないリサとホテルの一室にいるということが、吉武の気持ちをよけいにうしろめたく、重くしていた。

それに、こんなことをしてる場合じゃないだろうと、自分を叱責する声も聞こえていた。

まったくそのとおりだった。吉武には、高二の娘のほかにもう一人、中学三年の男の子がいる。二人とも進学やらその学費やらで、これからが大変だった。

おまけに家のローンも抱えていた。

ところがリストラされた会社では二十年あまり経理の仕事一筋でやってきたため、

再就職は容易ではなさそうだった。

事務系の仕事はコンピュータに取って代わられ、求人のほとんどが営業やセールスというのが現状だ。

しかも求人件数が少ないうえに吉武の場合、年齢制限がネックになる。かりに営業やセールスの仕事に就けたとしても、吉武の歳で経験のない仕事をこなすことは、ほとんど不可能にちかい。

そういう厳しい現実を考えると、目の前が真っ暗になる。

だから、この十日ほどの間、努めて考えないようにしていた。そうすることで現実から逃げていた。

いまもそうだった。考えれば息をするのも苦しくなる厳しい現実を頭から追い払って、リサが脱いでいったブーツを見ていた。

吉武はうろたえた。ブーツを見ているうちにシャワーの音が艶かしく聞こえてきて、同時にシャワーを浴びているリサの姿――それも若いピチピチした裸身が頭に浮かんできたからだ。

そのとき、シャワーの音がやんだ。ややあって、ドライヤーの音が聞こえてきた。

吉武は動揺していた。ドライヤーの音がやんでほどなく、浴室のドアが開く音がした。

出てきたリサを見て、吉武は年甲斐もなくドギマギした。

リサは、軀にバスタオルを巻いているだけだった。

「ああ、スッキリした。おじさんもシャワー浴びたら」

化粧を落としたリサは、吉武が想ったとおり、美少女の顔だちをしていた。

「おじさんはいいよ。それよりぼくはこれで帰るから、リサちゃんはゆっくり眠っていけばいい」

そういって吉武は財布を取り出した。

「やだ、もう帰っちゃうのォ」

リサは拍子抜けしたような表情と声でいった。

「ああ。ホテル代なら心配ないよ。一泊分払ってあるし、あとは冷蔵庫の飲み物代ぐらいだから、これだけあれば足りるだろう」

吉武がテーブルの上に五千円札を置いて立ち上がろうとすると、「待って」とリサがあわてて制した。

「付き合ってもらったのに、お礼もなしなんてわるいよ。お礼にあたしのハダカ見せてあげる」

いうなりリサはバスタオルを取り去った。

「やめろッ。そんなことしちゃいけない！」

吉武は狼狽しきって、思わず大きな声を出した。

とっさに顔を伏せたものの、息を呑むほどみずみずしいリサの裸身が眼に焼きつい
て、心臓の鼓動が激しく高鳴っていた。

「エーッ、なんでェ？　ね、ちゃんと見てよ。あたしのハダカ、魅力ない？」

リサが嬌声をあげ、不満そうにいった。

「そういうわけじゃないさ。ぼくにとっては娘のようなリサちゃんがそんなことをし
ちゃいけないといってるんだよ」

吉武は顔を伏せたまままいった。

「ね、おじさんてさ、浮気したこととか全然ないんじゃない？」

唐突にリサが訊く。

「ああ。自分でいうのもなんだけど、真面目だからな。でもどうして？」

「だって可哀相なくらいあわてちゃってるんだもん、わかるよ」

若い娘にバカにされたようで、吉武はムッとして顔を上げた。が、リサの裸を見た
とたん息を呑み、圧倒されそうになった。

「やっと見てくれた。どう？　あたしのハダカ」

リサは誇らしげにいった。

両腕を下ろして全裸の躯を惜しげもなく晒している。その、みずみずしい若さと初々しい成熟がまぶしいばかりの裸身に、吉武は眼を奪われたまま、

「きれいだよ、とっても」

喉につかえた声を押し出すようにしていった。スムースに声が出ないほど興奮していた。

浮気一つしてこなかった吉武でも、週刊誌のグラビアなどで若い女の裸は見ていた。が、写真とナマではまったくちがっていた。

なにより、リサの裸はグラビアで見たモデルたちのそれよりも初々しくてみずみずしく見えた。

しかも出るところはちゃんと出て、締まるところはちゃんと締まっている。

とりわけ、乳房は思わず固唾を呑むほどだ。大きすぎず、かといって小さくもない固そうな膨らみがやや上向きに反り、その頂にきれいなピンク色の小振りな乳首が乗っている。

そして、下腹部のヘアは薄く、見るからに柔らかそうで、それがまた初々しいのだ。

「あれッ、おじさんのズボンの前、膨らんじゃってる！」

突然リサが頓狂な声をあげた。

吉武はあわてて股間を見た。リサのいうとおり、ズボンの前が露骨に盛り上がっていた。

そんなことにも気づかないほど、思わずリサの裸を舐めるように見ているうちに刺戟を受けていたのだ。

「あッ、おじさん赤くなってる。可愛い！」

リサはおかしそうにいうと、いきなり吉武の膝の上に横座りになって、首に両腕をまわしてきた。

吉武はますますうろたえ、あわてふためいた。五十を前にした男がまるで童貞のように。

「だめだよ、リサちゃん。こんなことしちゃいけないよ」

「だめなのはおじさんのほうだよ。だから家族にも舐められちゃうんだよ」

生真面目な中年男の制止は、若い娘にかるく一蹴された。

そればかりか、リサは腰をくねらせ、むちっとした尻で吉武の強張りを刺戟する。

「それとこれとはちがうよ」

吉武はドギマギしながらいった。

「同じだよ。だって、勃ってるのにカッコつけて我慢することないじゃん。カッコつけるから、家族に会社をクビになったこともいえないんだよ」

リサはなおも腰をくねらせて吉武を挑発しながら耳元でいう。

「おじさんさァ、なにが楽しみで生きてんの？　あたしなんか適当に遊んでるけど、おじさん見てたら、楽しみなんてなにもないみたいだし、可哀相になっちゃうよ。真面目すぎるんだよ。いまだって、勃っちゃってんだから、正直にエッチすればいいのよ」

自分の娘とかわらない歳のリサに不甲斐なさを指摘されたり、同情されたり、諭されるようなことをいわれたりして吉武は憤慨し、思わず『生意気なことをいうんじゃないよ』と声を荒らげそうになった。

だがかろうじてこらえた。リサのいうことがいちいち的を射ていたからだ。

「ね、しよう。付き合ってくれたお礼に、あたし、おじさんを慰めてあげるよ」

そういいながらリサは吉武のネクタイを外し、スーツの上着を脱がしていく。

されるままになっている吉武の中にそのとき、吉武自身よくわからない衝動が突き上げてきた。

いきなり吉武は両手でリサの顔を挟んで引き寄せ、唇を奪った。

リサは呻いただけでキスを拒まなかった。それどころか舌をからめていく吉武に、リサのほうも舌を躍らせるようにしてからめ返してきた。

3

ベッドに仰向けに寝ているリサの足元に正座した吉武は、目の前のまぶしいばかりの裸身に息を呑み、その裸身をあらためて舐めるように見た。

仰向けの状態でもきれいな形を保っている乳房や、こんもりと盛り上がった恥丘を飾っている淡いヘアが、いつになく激しく勃起しているペニスをたまらないほど疼かせる。

道徳的に許されない行為を指す二文字が、吉武の頭をよぎった。

だが、もはやそれがブレーキにはならなかった。

逆に、してはいけないことをしてしまいたいという、破滅的な衝動のアクセルとなって、吉武の欲情をかきたてた。

吉武はリサに軀を重ねていった。

みずみずしい肌と若さが詰まっているような弾力のある女体の感触が、吉武の全身の血を逆流させた。

きれいなピンク色の乳首に舌を這わせた。

アンッ、という声を洩らしてリサはのけぞった。

吉武は舌で乳首を舐めまわしたり口に含んで吸いたてたりしながら、一方の乳房を掌(てのひら)に包み、張りのある膨らみを揉みたてると同時に指先で乳首をくすぐるようにしてこねた。

「アンッ……ハァン……ウンッ……アアッ……」

リサがきれぎれにせつなげな喘ぎ声を洩らし、狂おしそうに胸を反らして軀をうねらせる。

みるみるうちに乳首が固くしこってきた。

そのまま、吉武はリサの滑らかな肌の感触を味わいながら軀をずらしていき、彼女の股間にうずくまる格好になった。

目の前にあからさまになっている秘苑に眼を凝(こ)らすと、

「きれいだ……」

思わず感嘆の声を洩らした。

淡いヘアの下にひっそりと合わさっている肉びらは、赤みがかったピンク色をして、つるりとした感じで張りがあり、みずみずしい唇のようだ。

「ウソォ。きれいなわけないじゃん。そんなとこ、気色わるいよォ」

リサが笑い声でいって腰をうねらせた。

「ホントだよ。リサちゃんのここ、食べてしまいたいほどきれいだよ」

秘苑を凝視したまま、吉武はうわずった声でいうと、そっと両手で肉びらを分けた。

息を呑むような気配と一緒に、リサの腰がヒクッと跳ねた。

感じやすいのか、あからさまになった、白っぽいピンク色をしたクレバスは、もう濡れ光っている。

肉びらを分けている両手を押し上げると、芽吹いたばかりの新芽のようなクリトリスが剝き出しになった。

そこへ吉武は口を持っていき、新芽を舌ですくい上げた。

「アンッ——!」

リサはふるえをおびた声をあげて腰をヒクつかせた。

そのまま吉武が舌でこねると、泣くような喘ぎ声を洩らしはじめた。

たちまち固く膨れあがってきたクリトリスをまァるくこねまわしたり、上下左右にこすったりしながら、吉武は上目遣いにリサの反応を見ていた。

リサは両手でシーツをつかんだり片方の手を口に持っていったりしながら、繰り返し胸を反らしてのけぞっている。

「アアンいいッ、気持ちいいッ。おじさんのテク、すごいッ。アアッ、イッちゃいそう……」

リサがうわずった声でたまらなさそうにいう。

吉武はテクニックを褒められて気をよくすると同時にリサの反応に興奮を煽られて、肉芽を吸いたてて舌でこねたりもした。

吉武は妻以外に女の経験はなかった。妻が初めての女だったが、そのとき妻のほうは処女ではなかった。

その差がその後の夫婦関係やセックスの在り方にも影響して、結婚してしばらくの間は吉武が妻にリードされるような形で、妻のほうからセックスを求めてくることも珍しくなかった。

ただ、夫婦関係はいまに至るまでそのままだが、セックスのほうは数年前から変わってきた。

妻から求めてくることはなくなり、吉武が求めると妻はしぶしぶ応じるようになった。

そうなってからの吉武は、元はといえば妻に仕込まれたも同然のクンニリングスのテクニックでもって妻をその気にさせるのが、セックスをすることの愉しみの一つになっていた。

もっとも、ここ十日あまりはまったくそんな気にもなれなかったが、思いがけないところでクリニリングスのテクニックが役に立ったようだった。

リサの息遣いと喘ぎ声が苦しそうになってきた。

絶頂に追いやるべく、吉武はクリトリスを激しく舌で弾いた。

「アアだめッ、だめだめッ。イクッ。イッちゃう!」

リサは怯えたようにいって大きく反り返ったかと思うと、腰を手放しに律動させた。

吉武はゆっくりと上体を起こした。

放心したような表情で息を弾ませているリサに、見とれていると、

「ウウ〜ン、イッちゃった。クンニでイッちゃったの、久しぶり……」

リサが我に返ったようなようすを見せていって、起き上がった。

そして、あぐらをかいている吉武の股間に屈み込んだ。

「こんどはあたしがしてあげる」

そういって吉武の怒張を手にすると、亀頭にねっとりと舌をからめてきた。

ちろちろと亀頭を舐めまわす舌に、ゾクゾクする快感をかきたてられながら吉武が見ていると、眼をつむってうっとりとした表情を浮かべたリサの可愛い唇と舌が、怒張全体をくすぐるようになぞっていく。

吉武は驚いた。唇と舌で怒張を繰り返しなぞりながら、リサの手が玉袋を撫でまわすのだ。

妻からもそうされたことがある吉武が驚いたのは、そんなテクニックを若いリサが使うことに対してだった。

「リサちゃんのテクもすごいじゃないか。エッチはもうだいぶ経験してるのか」

「フツーじゃないかな、彼氏とかいたから。でもちょっと前に別れちゃったから、ここんとこしてないの」

リサは怒張を凝視したまま、慣れた手つきでしごきながらいった。

「そうか、それでさっき、クンニでイッたのが久しぶりだっていったのか」

「ちがうの。もう忘れるぐらい前って意味。あたし、おじさんの年齢のひとって初めてなんだけど、元彼とか若い子って、ほとんどクンニなんてしてくれないの。そのくせフェラはさせたがるんだから、勝手なのよ。だから、おじさんのクンニに感激しちゃったの」

そういってチラッと、若い娘とは思えない艶めかしい眼つきで吉武を見上げ、リサは怒張に唇を被せてきた。

感激したお礼のつもりなのか、それともいつもどおりにしているのか、怒張を咥えて一心にしごいたり、口から出して舐めまわしたりするリサを見ているうちに、吉武はたまらなくなってきて、リサの上体を起こした。

そのままリサは仰向けに寝た。そして、吉武を迎えようとするかのように両膝を立て、わずかに開いた。

「リサちゃんは、もうイッた経験はあるのか？」

リサの両脚の間に腰を入れていきながら、吉武は訊いた。

「中だとまだ——でもおじさんのクンニでイッちゃったから、イケるかも……」

「そうだな。じゃありサちゃんがイケるように、おじさん頑張ってみるよ」

期待を込めたような笑いを浮かべているリサに、吉武はそういって笑い返すと、唾液にまみれている怒張を手にした。

肉びらの間を亀頭でまさぐって、ヌルヌルした中に秘口を探り当てると、押し入った。

リサのそこはかなり窮屈だった。それでも充分に濡れている膣に、ヌル〜ッと滑り込むように怒張が収まると、リサは眉間に皺を寄せ、のけぞって呻いた。

吉武はすぐには抜き挿しせず、窮屈な蜜壺をほぐすように、腰をまわして肉棒でこねた。

「アッ……ウンッ……アンッ……ハンッ……アアッ……それいいッ……」

狂おしそうな表情で喘ぐリサの声が、苦しそうな感じからしだいに感じたそれに変わってきて、快感を訴える。

初々しい反応と充分に濡れていても摩擦感の強い蜜壺の感触に、吉武は興奮と快感を煽られながら、ゆっくりと抽送しはじめた。

「これはどうだ？」

「それもいいッ。やさしくされたのがよかったみたい……」

リサはぎこちなく笑っていうと、すぐまた狂おしそうな表情になって、繰り返しのけぞりながら、泣き声に似た可愛い感じの喘ぎ声を洩らす。

——リサは若い男しか経験がないらしい。自分にも覚えがあることだが、若いときの男は性欲がありあまっているだけに、女の反応などおかまいなしに行為が荒っぽくなりがちだ。リサが「やさしくされたのがよかったみたい」といったのは、おそらくそのせいだろう。

そう思いながら吉武が緩やかな抽送をつづけていると、

「アアンいいッ。ウウンもっと……」

リサがもどかしそうにいった。

吉武の動きに合わせて腰をうねらせている。

膣でもかなり感じてきたらしい。吉武は抽送を速めた。

とたんにリサの声が泣くような喘ぎ声に変わってきた。

窮屈な蜜壺で肉棒がしごかれる感じがあって、吉武もくすぐりたてられるような快感に襲われる。

リサの息遣いが一段と荒くなってきた。

吉武は感じを訊きかけてとっさにやめ、黙って律動をつづけた。下手に声をかけてリサの気を散らさないほうがいいと思ったからだった。

「アアッ、なんか変になっちゃいそう……」

リサが怯えたような表情と声でいった。

「いいんだろ？」

吉武の問いかけに、リサはウンウンと強くうなずき、

「たまんない感じッ。こんなの、初めてッ」

絞り出すような声でいう。

「おじさんもたまらなくなったよ。じゃあおじさんと一緒にイコうか」

リサはもう声も出せないようすでうなずき返す。

吉武は激しい律動を開始した。

それに合わせてリサが短い泣き声をあげる。軀の揺れと一緒にみずみずしく張った乳房がプルプル揺れる。

膣とペニスの激しい摩擦で、吉武もしびれるような快感に襲われる。甘美な疼きがペニスに押し寄せてきた。

「イクよ！」

いって抉るようにリサのなかに突き入った。

「アアッ――！」

リサは苦悶の表情を浮かべてのけぞった。

グイグイ突きたてながら吉武は射精した。

「ウウーン……」

リサが感じ入ったような呻き声を洩らした。

苦悶の表情が消えた顔に、興奮に酔いしれているような、冴えた表情が浮かんでいる。

4

「それはそうと、いまさら訊いても遅いんだけど、リサちゃん、中に出しても大丈夫だったのか」

ふたり一緒にシャワーを浴びながら初めてそのことが心配になった吉武は、恐る恐るリサに尋ねた。

「大丈夫。妊娠しちゃったらヤバいから、あたしそういうことはちゃんとしてるの。今日は完全な安全日だから心配ないよ」

「そうか、ならよかった。ごめんな、さっきはおじさん、年甲斐もなく夢中になっちゃって、そんな肝心なことを聞くのも忘れてたんだ」

吉武は胸を撫で下ろし、自嘲の笑いを浮かべて謝った。

「でも、おじさんてすごいよ」

リサが興奮さめやらない表情でいった。

「なにが？」

「だって、中でイッたことがなかったあたしをイカせてくれたんだもん、おじさんのテクってすごいよ」

「おじさんのテクじゃないさ。リサちゃんのここの具合がよかったからだよ」

そういって吉武はリサの股間をまさぐった。

「あん、エッチィ。おじさんて紳士かと思ったら、けっこうスケベじゃん。意外にこれが本性だったりしてェ」

リサは身悶えしながら、いたずらっぽく笑って、揶揄する眼つきで吉武を睨んだ。

スケベといわれて吉武の気持ちはスッと軽くなり、妙に弾んだ。

「リサちゃんのいうとおりだよ。おじさんホントはスケベなんだ。それを抑えていただけなんだ。リサちゃんと出会ったおかげで、ホントの自分がわかった。リサちゃんに感謝しなきゃいけないと思ってるよ」

「ちょ、ちょっと待って。いいことがある」

弾んだ声でいってリサを抱きすくめた吉武を、リサが制していった。

「ん？　なんだ？」

「これを軀に塗ってイチャイチャしたら、ヌルヌルして気持ちいいの。はい、おじさんも塗って」

リサはボディソープの液を手に取ると、吉武に容器を差し出した。

吉武は興味をそそられ、リサに習ってボディソープを躯に塗りつけていった。

「で、おじさんがあたしの後ろからエッチなことしちゃうの」

「てことは、リサちゃん誰かとそうしたんだな？」

「元彼とときどきしてたんだけど、彼氏の前戯は手抜きだから、ベッドでするよりこのほうがずっとよかったの」

笑っていうリサを見て、吉武は戸惑った。

思わずリサの元彼に嫉妬したからで、吉武自身、自分の気持ちに虚を突かれた格好だった。

「よォし、じゃあおじさんが彼氏としたときよりずっと気持ちよくしてやるよ」

いうなり吉武はリサを後ろから抱きしめた。

リサは嬌声をあげて裸身をくねらせた。

ふたりとも躯の前面に、胸から太腿のあたりまでボディソープを塗りつけている。

そのため、密着したふたりの躯がリサのいうとおりヌルヌルし、それに張りのある乳房を揉む吉武の両手にもそれがあって、気持ちいいばかりでなく、ソノ感触に刺戟ばかりか興奮もかきたてられる。

「これはいい。ヌルヌルしたオッパイと尻がたまらないよ」

「でしょ？　アアン、おじさんのアレ、またビンビンになってるぅ」

リサが驚いたようにいって身をくねらせ、むちっとしたヒップで早くも回復してエレクトしてきている吉武の分身をヌルヌルくすぐる。

吉武自身、回復ぶりに驚いていた。相手が若いリサでなく妻だったら、昔はともかく、絶対にあり得ないことだった。

身悶えるリサが、せつなげな声を洩らしはじめた。

吉武は片方の手で乳房を揉みながら、一方の手の中指でクレバスをこすっていた。

クレバスのヌルヌル感が愛液のためなのか、それともボディソープのそれかわからなかったが、クリトリスははっきり勃起してきていた。指の腹に、そのコリッとした感触があった。

「また、リサちゃんの中に入れたくなっちゃったよ」

「あたしもぉ。このまま立ちバックで入れちゃう？」

怒張がまろやかな尻朶の間に滑り込んだり、そこから滑り出たりしているうちに吉武がたまらなくなっていうと、リサも同意し、ストレートに訊き返す。

吉武にとっては聞き慣れない言葉だったが、すぐに立ったままバックからすることだとわかって、興奮をかきたてられた。

「ああ、そうしよう」

吉武が弾んだ声でいうと、リサは浴室の壁に両手をついてヒップをぐっと突き出した。

むちっとした形のいい尻朶の間に、ふっくらとした饅頭のような秘苑が鈍く光って覗いている。

吉武はゾクゾクするほど興奮して怒張を手にすると、亀頭で饅頭の割れ目をまさぐった。

「アアン、入れてッ」

もどかしそうに尻を振るリサの、昂った声が浴室に響く。

ちょっと焦らしてやろうと思った吉武だが、秘口が亀頭でこねて焦らすのがむずかしいほどヌルヌルしているところにもってきて、リサのその一言に挑発されて、押し入った。

ヌル～ッと怒張が滑り込むと同時にリサが感じ入ったような声をあげてのけぞった。

リサのそこは、すっかりぬかるんでいた。ペニスについているボディソープのせいだけではなく、蜜があふれ返っていた。

吉武は両手でリサの腰を抱え、緩やかに抽送した。

二度目だからか、最初のときほど蜜壺は窮屈ではなかった。

それでも狭隘なことに変わりはなく、多少窮屈でなくなったぶん、くすぐられるような甘美感がある。

リサも初めてイッたあとのせいで快感が強いのか、きれぎれに泣くような喘ぎ声を洩らしている。

吉武は腰を使いながら、股間に眼を奪われていた。

みずみずしい唇に似た肉びらの間にズッポリと収まった肉棒が、ヌラヌラ濡れ光った胴体を見せて出入りする淫らな光景が、まともに見えるのだ。

その上に可愛らしいアヌスが口を噤んでいる。

一瞬そこに指を触れたい衝動にかられたが、吉武は思い止まった。変態と思われそうで気が引けたのだ。

かわりに手をリサの股間にまわし、クリトリスを指先にとらえてこねた。

「アンッ、だめッ。それだめッ。立ってられなくなっちゃうよォ」

リサは怯えた声でいって腰を振りたてた。

「じゃあつづきはベッドでしようか」

吉武が訊くと、息を弾ませながらうなずく。

怒張を抜いた吉武は、股間を見下ろして思わずほくそ笑んだ。

蜜にまみれてテラテラ光っている分身は、二回目だというのにまるで若い頃のようにいきり勃っているのだった。


翌日の昼下がりも、吉武はいつもの公園のベンチに座っていた。

昨日とは打って変わって、風のある寒い昼下がりだった。

ぼんやりとしているのはいつもと同じだったが、吉武の頭の中はちがっていた。

そうしているだけで軀が熱くなってくる、昨日のリサとの行為を思い出していた。

——浴室を出て、ベッドの上で対面座位の体位で交わっているとき、リサは自分から軀を揺さぶっているうちに初めて「イク」という言葉を口にして、吉武にしがみついてきた。

そのときの、痙攣するようなふるえをわきたてたリサの軀の感触が、いまも吉武の腕には生々しく残っていた。

そんなリサが吉武は可愛く、いとおしくてならなかった。

そして、これから眠るというリサを残して部屋を出るとき、期待を込めて訊いてみたのだ。

「また会えるかな」

リサは一瞬、エッ!?——というような表情を見せた。

その瞬間、吉武にはリサの返事がわかって愕然とした。

案の定、リサは申し訳なさそうな笑いを浮かべていった。

「おじさんにはわるいけど、あたし、そういうのはヤなの」

リサがイッたときの軀のふるえと一緒に、それとはあまりに対照的なその言葉も、吉武の耳にこびりついていた。

そんな昨日のことが吉武には、小春日和の白昼夢のようにしか思えなかった。というより、夢を見たと思うことでリサのことを忘れようとしていた。

いつのまにか吉武は、公園の片隅に咲き誇っている寒椿の花に眼を奪われていた。きれなピンク色の花弁が、リサの唇や肉びらを思い出させて、吉武の軀を熱くした。

そのとき、寒椿の木が風に揺さぶられて、ポトリ、ポトリと花弁が落ちた。まるで吉武とリサの儚い関係ように。

隣家の若妻

1

……下宿にもどってきても、まだ興奮の余韻はつづいていた。

日活ロマンポルノ『未亡人下宿！　ただのり』を観てきたからだ。

主演の橘雪子（たちばなゆきこ）の色っぽい裸身が眼に焼きついて離れず、映画を観ているときなんどもズボンの前を突き上げた勃起はさすがに収まっていたけれど、まだ股間のあたり熱をおびているようだった。

──俺の下宿も、あんな未亡人がやってる下宿だったら、最高なのになァ。

野間真吾（のましんご）は、シリーズ化されている『未亡人下宿』の熱烈なファンで、映画を観るたびにそう思っていた。

　真吾が入っているのは、老夫婦がやっている下宿で、色気もなにもない。

　二階家の一階は老夫婦の住まいで、二階にある三部屋が下宿になっていて、入っているのはみんな男だ。

　三部屋は、六畳一間が一つに四畳半一間が二つ。六畳の部屋には去年社会人になった今井（いまい）が、そして四畳半には真吾と同じ大学生の山際（やまぎわ）が、それぞれ入っている。

　下宿人のなかで一番の古株は、学生時代からいるという今井で、つぎが真吾より学年が一年先輩の山際だ。

　真吾は去年大学に入学してこの下宿に入ったので、入ってから一年二カ月ほどになる。

　その真吾から見て、今井も山際も、仕事と勉強しか興味がないような、マジメを絵に描いたようなタイプである。

　それに比べて当の真吾はほとんど大学にもいかず、学生運動にもまったく関心がないノンポリで、麻雀、パチンコ、ポルノ映画にうつつをぬかしている。

　もっとも大学に入るまではマジメに勉強をして、それなりに成績もよかった。

　ところが入学したとたんに目標を失って無気力になり、ギャンブルや女とセックスのこと以外には無関心になってしまっているのだった。

とはいってもセックスの経験はなく、真吾はまだ童貞だった。

そのぶん、女とセックスに強い関心と興味を持っていた。

ただ、真吾は女にモテるタイプではなかった。

モテるには、それなりの努力を要した。

だが努力が報われるとは限らない。むしろ報われないことのほうが多いのが、男と女の関係だ。

そのことを、真吾は今年の春に実感した。というより、させられた。

いきつけの雀荘に、経営者の娘で、店を手伝っている可愛い子がいて、今年に入ってから彼女といい感じになっていた。少なくとも真吾はそう思っていた。

彼女は河合美紀といって、真吾と同い年の十九歳だった。

なんどかデートしたが、彼女とセックスしたいという欲求は抑えきれないほどありながら、真吾はどうしても手が出せなかった。

童貞ゆえに思いきれなかったのだ。そういうところは妙にマジメで臆病なのだった。

思いあまって、ト×コ風呂にいって経験してこようかと考えたこともあった。

ところが金の心配もあったけれど、勇気がなくていけなかった。

そうこうするうち、真吾は思いがけないことに出くわした。

ある日、たまたま下宿の部屋の窓辺に立って、なにげなく外を見ていたときだった。

ドキッとする光景が、眼に飛び込んできたのだ。

隣家の窓越しに見えたそれは、下着姿の女の後ろ姿だった。

女は、白いブラジャーをつけて、同じく白いパンティを穿いていた。

女の軀はいくらかまるみをおびていたが、均整が取れていて、なにより肌が抜けるように白く、ゾクゾクするほど艶やかだった。

その全身にもだが、とりわけ、くびれた腰から息を呑むほどむっちりとした、ショーツに包まれた尻に、真吾は眼を奪われていた。

それは時間にして、ほんの数秒だっただろう。女は着替えの途中だったらしく、すぐに服を着て、真吾の視界から消えた。

我に返ると、ズボンの前が突き上がっていた。真吾はズボンとブリーフを脱ぎ捨てると、勃起しているペニスを手に、眼に焼きついている女の裸身を思い浮かべてしごいた。

同じ眼に焼きついている女の裸身でも、スクリーンの上の橘雪子のそれと、隣の女のナマのそれとでは、刺戟的にも興奮度においても、比べものにならなかった。

それ以来、真吾にとって、隣家のその窓が頭から離れなくなった。部屋にいるときはなんども覗いてみたり、外出から帰ってくると真っ先に覗いてみたりするようになった。

隣家は平屋建てで、そこに夫婦が住んでいる。

これは下宿のおばさんから聞いた話だが、結婚前からその家に住んでいる夫は公務員で、三十八歳。妻は主婦専業で、年齢は定かではないけれど三十前後だろう、ということだった。

夫婦の姿は、真吾もなんどか見たことがあった。

夫は見るからにおとなしそうな印象で、脆弱な軀つきをしていた。それに対して妻のほうは、顔つきも軀つきも、やけに色っぽかった。

「よく似合いの夫婦っていうけど、お隣だけは正反対だわね。あのおとなしいダンナさんが、どこでどうやってあんなお色気過剰のお嫁さんを連れてきたのか、まったく不思議だわ」

下宿のおばさんは、そういって首を傾げていた。

実際、真吾もそう思った。そして、不釣り合いな夫婦のセックスを想像して、妙に興奮したものだった。

そんな伏線があったうえに奥さんの下着姿を覗き見たため、真吾にとって隣家の窓がよけい気になって仕方なくなったのだ。

真吾の部屋から見える隣家のその部屋は、どうやら夫婦の寝室のようだった。

奥さんの下着姿を見たとき、視界から奥さんの姿が消えたあと、ダブルらしい大きなベッドが置いてあるのが見えたのだ。

そのときは奥さんの下着姿しか頭になかったため、ベッドのことはなにも思わなかったが、翌日の昼間それを見て、あそこであの夫婦はヤッてるんだと思い、それを想像して真吾は興奮した。

隣家の寝室らしき部屋を見ることができるのは、その部屋に面している真吾の部屋からだけだった。下宿のほかの部屋は、ちがう方向を向いていた。

それに真吾が奥さんの下着姿を見たとき、ラッキーなことが二つあった。

一つは、カーテンが開いていたこと。もう一つは、窓が桟で三段に仕切られていて、下二段はすりガラスだが上一段は素通しのガラスが入っていたことだ。そこから奥さんの下着姿が見えたのだ。

さらに、それから二日後のことだった。真吾がこの前よりも刺戟的な光景を覗き見たのは——。

そのときも隣家の寝室のカーテンは開いていた。

真吾が覗き見ていると、奥さんが視界に入ってきた。

ドキッとすると同時に真吾はあわてた。奥さんがチラッと、真吾の部屋のほうを見たような気がしたのだ。

だが、気のせいだったらしい。奥さんは手にしている服をベッドの上に置くと、着ているものを脱ぎはじめた。

このときの覗き見が二日前より刺戟的だったというのは、奥さんの下着姿の後ろだけでなく、前も見えたからだ。

クリーム色のブラジャーのカップからこぼれそうな胸の膨らみ……パンティの股間の盛り上がり……。

童貞の真吾には強すぎる刺戟だった。

奥さんが着替えを終わって視界から消えたあと、ブリーフを下ろして見ると、前の部分にべとっとカウパー氏腺液が付着していた。

それから数回、真吾は奥さんが着替えするところと下着姿を覗き見した。

どうやら奥さんは、外出するとき決まって着替えをするらしかった。

そんなある日、真吾は河合美紀を部屋に連れてきた。

奥さんの下着姿を覗き見しているうちに欲望を抑えきれなくなって、美紀とセックスしようと、意を決していた。

ウィークデイの昼下がりだったため、二人のマジメな下宿人たちは不在だった。もとよりそれも真吾の計算だった。

ただ、下宿のおじさんやおばさんに見つかるとまずい。そのため、彼女を連れてきたというより、こっそり連れ込んだという感じだった。

真吾の四畳半の部屋は、机と本棚、それに座卓兼用の電気炬燵の台があるだけで、半間の押し入れに服などを収納して、布団は敷きっぱなしだった。

さすがに布団をそのままにしておくわけにはいかず、二つ折りに畳んでおいたが、部屋に入ったとたんに美紀が緊張したのがわかった。

デートのときなどのようすを見て、彼女はまだ処女じゃないかと、真吾は思っていた。

そんな真吾も緊張しきっていた。

狭い室内で童貞男と処女らしき女が向き合っている、息づまるような時間が流れるなか、美紀のミニスカートから覗いている太腿が、真吾からためらいを奪った。

真吾は美紀の肩を抱いた。

美紀はビクッとして軀を硬くした。

真吾は思いきって美紀の唇を奪った。

美紀はわずかに抵抗を見せたものの、キスを受け入れた。

それに勢いを得て、真吾は美紀の服の上から乳房を揉んだ。

揉み応えのある膨らみに驚き興奮したのも束の間、美紀が顔を振って唇を離し、

「だめッ」と弾む息でいった。

だが真吾の欲情は止まらなかった。手をミニスカートの中に差し入れて、強引に股間をまさぐった。だがつぎの瞬間、

「いやッ、だめッ!」

美紀の悲鳴に似た声と一緒に真吾は突き飛ばされた。

一瞬呆気に取られた真吾を尻目に、美紀は急いで逃げるように部屋から出ていった。

それが一カ月あまり前のことだった。

以来、真吾は美紀と会っていない。そして、

——部屋にまできて、キスを許していたのに、なんで突然態度を変えるのか、わけがわからない。女って奴はみんなそうなのか……。

あのときことを思い出すたびに、苦い思いと一緒に不可解な気持ちに陥っていた。

2

真吾はカーテンの隙間から隣家を覗いていた。

ポルノ映画を観て興奮をひきずっているだけに、よけいに奥さんの刺戟的な姿を見たいと期待しているのだが、カーテンは開いているものの、肝心の奥さんの姿はいっこうに現れない。

──だけど、当然といえば当然だ。そんなにタイミングよく、願ったり叶ったりのことがあるわけがない。あるほうがおかしい……。

そう思ってあきらめかけたとき、真吾は思わず「オッ」と驚きの声をあげた。奥さんが現れたのだ。

奥さんは掃除機を手にしていた。ロングヘアを後ろで束ねてスカーフのようなもので結び、黄色い薄手のニットのワンピースを着ていた。

しかもそのワンピースは、かなり際どい。躯にフィットしているため、グラマーな躯の線が手に取るようにわかり、それに胸元がV字状に大きく開いていて、ミニ丈なのだ。

奥さんが掃除機をかけているのを、真吾は息を詰めて見ていた。

すると、刺戟的な情景が、つぎつぎに視界に入ってきた。

奥さんが動くたびに生々しく揺れる、ムチッとしているヒップ……前屈みになったときに強調される、その迫力のあるまるみ……胸元からこぼれそうな乳房のふくらみ……。

それを眼にするたびに真吾は、「すげえッ」とか「わッ」とか、驚きの声を発していた。

そればかりか、たちまち勃起していたペニスがそのたびにヒクついていた。

そのとき、さらに刺戟的な情景が眼に入った。

奥さんがベッドに上がって四つん這いになったのだ。しかも、真吾のほうに尻を向けて。

ワンピースの裾がかろうじてヒップを覆う程度にまでずり上がって、尻朶の間に白いパンティがもっこり盛り上がっているのが見えた。

「すげッ。ああ、たまンないッ」

真吾は射精しそうになって、思わずズボンの前を両手で押さえた。

奥さんはベッドの枕元を整えているらしい。よく見ると、そうしながらなぜか微妙にヒップをうごめかせている。

それに気づいた瞬間、真吾はハッとして、うろたえた。

──奥さんは、俺が覗いていることに気づいてるんじゃないか⁉

そう思ったのだ。

それがわかっていて、俺に見せつけているのではないか。着ているものだってそうだ。

──だから、パンストを穿いていないんじゃないか。それに、掃除しているときの仕種もなんとなく不自然な感じだし、いまの格好なんて、まさにそうじゃないか。……だけど、どうして見せようとするんだ？　露出狂か⁉　まさか、色っぽい奥さんだけど、夫がいるのにそんなことをするなんて思えない……。

真吾が興奮した頭であれこれ考え、混乱しているうちに、奥さんは視界から消えていった。

本当はどうなのか、それがわからないのは悩ましいことだったが、一方で真吾の期待はますますふくらんだ。

もっと刺戟的な奥さんを覗き見ることができるのではないか、という期待だった。

ところが翌日も、その翌日も、期待は外れた。

それでも真吾はこれまでどおり、辛抱強く隣家の窓を覗きつづけた。

その夜も銭湯にいって定食屋で夕食をすませてもどってくると、部屋の明かりを点けずに隣家を覗いてみた。

寝室は真っ暗だった。ただ、真吾が帰ってきたとき、表の通りから隣家のようすをうかがうと、明かりが灯っていたので留守ということはないはずだった。

これまで隣家の寝室は、夜になるといつも窓のカーテンは閉められていた。

そんなとき真吾は、『俺は一体なにをやってんだ』と自嘲し、呆れながらも覗きをつづけてきた。

そして、クリーム色のカーテン越しに明かりが洩れているのを見ながら、奥さんと夫のセックスを想像して興奮していたのだった。

ところがこの夜、寝室に明かりが灯ったとき、真吾は「エッ！」と思わず驚きの声をあげた。

カーテンが、幅六、七十センチほど開いていたのだ。

明かりはベッドのそばのスタンドの照明らしく、薄暗がりのなかにベッドが浮かび上がっているように見えた。

真吾の心臓の鼓動は息苦しいほど高鳴っていた。

――と、視界に奥さんと夫が現れた。

奥さんは軀にバスタオルを巻いた格好で、白いブリーフだけの夫の手を引いていた。ふたり一緒に風呂に入って出てきたのかもしれない。

真吾は妬ましさをおぼえた。夫のブリーフの前が盛り上がっていたからだ。

ふたりはベッドのそばで向き合うと、それぞれバスタオルを取りブリーフを脱いで、全裸になった。

初めて奥さんの全裸を見た瞬間、真吾は興奮のあまり頭が真っ白になった。

奥さんのほうに眼がいって、すぐには眼に入らなかった夫のペニスは、強張ってはいるものの、いまの真吾のいきり勃っているモノには程遠かった。

「エーッ、ホントかよ⁉」

真吾は驚愕した。

奥さんが夫の前にひざまずいたかと思うと、強張りを手にして口をつけ、舐めまわしはじめたのだ。

フェラチオという行為は、真吾も知っていた。もちろん知識にすぎず、実際の行為を見るのは初めてなだけに、衝撃だった。

奥さんは肉茎をたっぷり舐めまわすと咥え、顔を振って口でしごきはじめた。

真吾からは、そんな奥さんを横から見る格好だった。

奥さんはうっとりとしたような表情を浮かべて、肉茎を口でしごいている。

真吾はまるで自分がそうされているような錯覚に襲われて、ゾクゾクする快感と一緒に軀がふるえた。

それぱかりか、いきり勃っているペニスにこらえようのない甘い疼きが押し寄せてきて、暴発しそうだった。

そのとき、ドキッとした。肉茎を咥えてしごいている奥さんが、チラッと真吾のほうを見たような気がしたのだ。

前にもそんなことがあったので、気のせいかと思っていると、またドキッとした。奥さんが立ち上がると、ベッドの端に腰かけて両脚を開き、その前に夫がひざまずいて股間に顔をうずめていったのだ。

――アソコを舐めてるんだ！

真吾が興奮で全身の血が逆流するような感覚に襲われてそう思ったとき、奥さんが悩ましい表情を浮かべてのけぞった。

奥さんは両手で夫の頭を抱え込むようにして喘いでいる。

もちろん声は聞こえない。が、奥さんの悩ましい表情とダブッて、喘ぎ声が幻聴のように聞こえてくる。

それに合わせて、いきり勃っている怒張がヒクつくのを感じながら、真吾もハァハァ息が弾んだ。

そのうち、奥さんと夫がベッドに上がった。

奥さんが夫を真吾のほうに頭を向けて仰向けに寝かせると、夫の腰のあたりにまたがった。

そのとき、奥さんの陰毛が見えた。が、一瞬だった。

奥さんは、夫の強張りを手にすると前屈みになった。

「騎乗位でやるんだ!」

真吾は声がうわずった。

奥さんがゆっくり上体を起こした。夫のモノを入れたらしい。悩ましい表情を浮かべている。

奥さんは夫の両手をたわわな乳房に導くと、夫の腕につかまって、腰をクイクイ前後に振りはじめた。

奥さんは泣いているような表情を浮かべている。

それが感じてたまらないせいだということぐらい、真吾にもわかる。

夫の両手は、揉み応えのありそうな乳房を揉みしだいている。

それに合わせて奥さんの、見ているだけで圧倒されるほど色っぽい腰が前後に律動して、陰毛が見え隠れする。

夫婦の行為を夢中になって見ていた真吾は、そのとき初めて奥さんがジッとこっちを見ていることに気づいた。

だがいままでのようにドキッとしたり、あわてたりしなかった。

——まちがいない！　奥さんは俺に見せつけているのだ。

瞬時にそう思ったからだ。

すると、奥さんが夫に覆い被さった。

そのまま、腰を上下に激しく律動させる。

それを見て、真吾はもう我慢できなくなった。快感のふるえに襲われながら急いで怒張を取り出すと、奥さんの腰の動きに合わせて手でしごき、熱い滾(たぎ)りを迸らせた。

3

夫婦の行為を覗き見してから、三日経っていた。

あの翌日からなぜか隣家のようすは一変した。寝室のカーテンは一日中閉めっきりになり、真吾が奥さんの姿を覗き見ることもできなくなったのだ。

真吾はいろいろ考えてみた。

――一体、どういうつもりなんだろう。あのときの奥さんは、どう見たって、俺が覗いてるのをわかってて見せつけていたとしか思えない。でも、もしそうだとしたら、どうしてカーテンを閉めきりにするんだ？　わけがわからない。

そもそも、なぜ俺に覗き見を許しているのか、そのことからしてわからない。それとも俺の思い過ごしで、すべてたまたまだったんだろうか。そんなはずはないと思うんだけど……。

ところがこの日の夕方、思いがけないことが起きた。

真吾がいつものように銭湯にいって夕食をすませて帰ってくるのを待っていたらしく、下宿の前で隣の奥さんが近づいてきて、

「今夜、だれにも見つからないように注意して、八時にうちにきて。玄関のドアは開けておくから。夫は出張なの」

そう囁くようにいうと、真吾の返事を待たず引き返していったのだ。

真吾は呆気に取られていた。すぐには事態が呑み込めなかった。

だがどういうことかわかると、頭が混乱してしまった。驚愕に当惑、それに話があまりにうますぎるため、罠ではないかという疑心暗鬼などが交錯したのだ。

それでいて、気持ちは異様に昂り、興奮していた。

真吾は部屋にもどって隣家の寝室を覗いてみた。

明かりが点いていて、カーテンは閉まっていた。

カーテン越しに洩れているぼんやりとした明かりが、いままでになく悩ましく、艶かしく見えたばかりか、挑発しているようにも感じられた。

真吾は、もう隣にいくと決めていた。

夫の出張はウソで、夫婦そろって覗きを咎(とが)め、吊るし上げられるかもしれない。まさかそれはないと思うけど、警官がきているかも……。

そんな最悪のケースも頭に浮かんだが、これまで奥さんが真吾に覗き見させてきたこと、そのときのようすを考えてみて、それはないだろうと思ったのだ。

そう思ったら、かわって最後に覗き見た夫婦の行為が頭に浮かんできて、もう胸が高鳴る一方だった。

時計の針の進み具合がこんなにも遅々として、というより止まっているかのように感じられたのは、いままでなかった。

二人のマジメな下宿人はもう帰っていた。

彼らはいま真吾が直面している事態とはまったく無縁の世界にいる。

そう思うと、真吾は妙に複雑に気持ちになった。

それも一瞬だった。胸の高鳴りがそんな気持ちをすぐにかき消した。

隣家までは下宿を出て歩いて一分もかからない。真吾はほぼ八時ちょうどにこっそり部屋を出た。

住宅街の通路に人影はなかった。

それでも注意しながら隣家にいって玄関の前に立つと、ドアノブに手をかけて、慎重にゆっくりまわし、そっと引いた。

奥さんがいっていたとおり、ロックはかかっていなかった。

ドアを開けると、そこに奥さんが立っていた。クリーム色のガウンをまとっていた。

「どうぞ。上がって」

緊張しきっている真吾に、色っぽく笑いかけていうと、中に入った彼の後ろにまわってドアをロックした。

奥さんは真吾を、彼が覗き見していた寝室に案内した。

「座って」

奥さんはベッドに腰かけると、真吾に横に座るよううながした。

真吾は奥さんと並んで腰かけた。それだけで息苦しいほど胸が高鳴っていた。

「あなた、名前は？」

「野間です」

緊張が顔だけでなく、声にも出た。

「野間くん、学生さんよね、歳はいくつ？」

「十九です」

「女性の経験は？」

いきなり訊かれて、真吾は戸惑った。

「ありません」

正直に答えた。

「童貞？」

うなずいた。

「そう。だからよけい覗きに夢中になったの？」

仰天した。

「え!?　どうして……」

思わずそういって、真吾はうろたえた。覗きを認めたも同然だった。

「あなたが覗いてるの、わかってたわ」

奥さんはこともなげにいった。

おろおろしていた真吾は、あわてて謝った。

「すみません！　そんなつもりはなかったんですけど、偶然、奥さんが見えちゃって
……」

「で、覗きがやめられなくなっちゃったってわけ？」

「はい」

「どうして？」

「どうしてって……」

真吾は鸚鵡(おうむ)返しにいった。答えようがなかった。

「わたしの下着姿とか見てたら、興奮しちゃって？」

訊かれて、仕方なくうなずいた。

「興奮してどうなったの？」

「え？　どうって……」

「男の子だから、アレが勃っちゃったんじゃないの？」

奥さんが露骨な言い方で訊いてくる。

そんな奥さんに、真吾は驚いた。

だが、それで開き直った気持ちになった。こうなったら、もう本当のことをいうしかないと。

「そうです」

答えてすぐ、どぎまぎした。奥さんが真吾の太腿に手を這わせてきたのだ。

「で、そのあとどうしたの？　それだけじゃすまないでしょ」

「あ、はい。自分で……」

声がうわずった。さらに奥さんの手が内腿から股間に這ってきて、ズボン越しにそこを撫でているのだ。

「自慰したの？」

真吾は恥ずかしがりながらうなずいた。

「そう。野間くんが正直に告白してくれたから、わたしも正直にいうわ」

もう突き上がってきている真吾の股間を指先でくすぐるように撫でまわしながら、奥さんがいった。

「わたしね、だいぶ前から野間くんに覗かれてるの、気づいてたの。ホントのことをいうと、覗き見されてるの、けっこう刺戟的だったのよ。興奮したわ。それで徐々にエスカレートしちゃって、野間くんに覗き見されたあと、あなたと同じようにオナニーしてたの。夫がいるのにどうしてって思うでしょうけど、はっきりいって夫はセックスが強くなくて、勃ちもイマイチなの。だからわたし、ずっと欲求不満がつづいてたのよ」

真吾が驚きながら聞いていると、

「あら」

と奥さんも驚きの声をあげた。

「すごいッ、もうこんなになっちゃってる」

奥さんが眼を見張って見ている真吾の股間は、ズボンが露骨に突き上がっていた。

「野間くんのこれ、見たいわ。こんどはわたしに見せて」

突起を指先でなぞりながらいう奥さんの表情は、童貞の真吾から見ても興奮しているとわかるそれだった。

「わたしも脱ぐから、野間くんもみんな脱いで」

奥さんはそういって立ち上がると、ガウンを脱いだ。ガウンの下はピンク色のネグリジェだった。

つづいて奥さんはネグリジェを脱ぎ落とした。

真吾は目を見張った。

奥さんが身につけているのは、真っ赤なパンティだけだった。

しかも奥さんは、そのグラマーな裸を隠そうともせず、真吾に見せつけているのだ。

真吾は興奮のあまり軀がふるえていた。

覗きで見ているとはいえ、目の前にしている裸身の生々しさ、色っぽさはまったく別物で、圧倒されていた。

「ふふふ、童貞だから無理ないけど、そんなに食い入るように見られたら、わたし、感じちゃうわ。ね、野間くんも早く脱いで」

奥さんがおかしそうに笑って、裸身をくねらせていう。

真吾は我に返って、あわてて服を脱ぎ捨てていった。

ブリーフも脱ぐよう奥さんにいわれて下ろすと、硬い肉棒と化したペニスが大きく弾んで露出して、奥さんが「アアッ」と昂ったような声をあげた。

「ああ、こんなに逞しいペニス、久しぶりよ」

真吾に寄り添ってきた奥さんが、ヒクついている肉棒を手でなぞりながら、熱い息まじりにいう。

「野間くんのこれ、おしゃぶりしたいけど、そんなことをしたらすぐに発射しそうね。とりあえず、初体験する前にわたしを気持ちよくして」

奥さんはそういうと、真吾の手を取ってベッドの上に誘った。

4

「ね、取って」

仰向けに寝た奥さんが、真っ赤なパンティをつけた腰をうねらせていう。

真吾は息をするのも苦しいほど興奮したまま、パンティに両手をかけると、ゆっくりずり下げた。

それに合わせて奥さんが腰を浮かせ、脱がせやすくしてくれた。

真吾が黒々とした陰毛に眼を奪われていると、「きて」と奥さんがいって両手を差し伸べた。

全裸の奥さんに、真吾は軀をかさねていった。

奥さんが真吾の顔を胸に導く。

真吾は豊かな乳房に顔をうずめ、舌で乳首を舐めまわした。そうしながら、一方の乳房を手で揉んだ。

「あんッ、ああッ、そう、上手よ」

奥さんの感じたような声と褒め言葉に勢いを得て、真吾は夢中になった。

「ああッ、乳首、もっと強く吸ってもいいのよ」

いわれたとおりにすると、奥さんが一段と感じた喘ぎ声を洩らして腰をくねせる。

そのたびに奥さんの下腹部で肉棒がこすられて、それだけで真吾は発射しそうになった。

「野間くん、アソコを見たい?」

奥さんが訊く。真吾は顔を起こすと、

「はい」

と思わず気負って答えた。

「じゃあ見せてあげる……」

そういって奥さんが脚を開くのに合わせて真吾は軀をずらしていき、奥さんの両脚の間にひざまずいた。

真吾の目の前に、初めて眼にする女性器があった。

見た瞬間、生々しくていやらしいと真吾は思った。

濡れそぼっている、唇に似た赤褐色の肉びらもそうだが、その上半分を取り巻くように生えている陰毛のせいもあった。

その生々しくていやらしいものに、興奮と欲情をかきたてられて肉棒が疼き、ヒクついていた。

奥さんが両手を股間に這わせると、そっと肉びらを開いた。

「中、見える」

うわずった声で訊く。

「あ、はい」

真吾はあわてて答え、覗き込んだ。

ベトッと女蜜にまみれているピンク色の粘膜が、まるで得体の知れないイキモノのように収縮と弛緩を繰り返している。

「クリトリスって、わかる？」

訊かれて、真吾は女性器の図解を思い浮かべた。

「たぶん……」

「触ってみて」

真吾は、肉びらの上端のふっくらと盛り上がっている部分に、恐る恐る指を触れた。

「そう、そこよ。そこ、舐めて」

真吾の脳裏に、先日の夜、奥さんの股間に顔を埋めていた夫の姿が浮かんだ。

あのときの夫と同じように、真吾も奥さんの股間に顔を埋めると、そこといわれた部分を舐めまわした。

「アアッ、そうッ、そうよ。野間くん、いいわッ、もっとそこ、舐めてッ」

奥さんがいままでにない興奮した声でいって、真吾の頭を抱え込んだ。

真吾は無我夢中だった。奥さんの泣くような喘ぎ声に煽られて闇雲に舐めまわしこねまわしていると、舌先にコリッとした感触が生まれてきた。

なんの考えもなしにそれを吸いたてた。

「アアッ、いいッ。それいいッ。アアッ、イッちゃう!」

奥さんが一際感じ入ったような声でいってのけぞったかと思うと、

「イクイクーッ!」

と泣き声でいいながら腰を律動させた。

「ああん、野間くん、すごいわ。ホントに初めてなの? そうならわたし、童貞にイカされちゃったことになるのよ」

夢中になるあまり、起きたこととの実感がなかった真吾は、奥さんが息を弾ませながらいうのを聞いてようやく、奥さんをイカせたのだとわかった。

「野間くん、そろそろペニスを初めて女の中に入れたいんじゃない？」

奥さんが色っぽい顔つきで訊く。

真吾は緊張と興奮のあまり、畏まった表情でうなずき返した。

「きて」

と奥さんにいわれて、さっきまで顔をうずめていた股間ににじり寄ると、いきり勃っている肉棒を手に、割れ目に押し当てた。

ところがヌルヌル滑るだけで、いっこうに穴らしい部分に当たらない。

焦りまくっていると、奥さんが伸ばしてきた手を亀頭に添えて、わずかに下げると、まるでマジックのようにツルッと穴に滑り込んだ。

そのまま、真吾は押し入った。

ヌル～ッと、肉棒がぬかるんだ粘膜の中に侵入すると、奥さんが悩ましい表情を浮かべ、呻いてのけぞった。

「アアッ、野間くん、初めて女の中に入った感想はどう？」

「なんか、気持ちよすぎちゃって、すぐだめになっちゃいそうです」

真吾は暴発に怯えていった。

「いいのよ、すぐに出しちゃっても。元気がいいから、すぐまたできるでしょ。さ、動いてみて」

奥さんの言葉で真吾は気が楽になり、肉棒を抜き挿しした。

当然のことながら初めて経験する、えもいわれぬゾクゾクするような快感に襲われて、たちまちたまらなくなった。

「アアンッ、硬いッ。いいわッ、気持ちいいッ」

こんどは奥さんの言葉が真吾の我慢の糸を切った。

「アアだめッ、出ちゃうよ！」

いうなり真吾は奥さんの中に突き入って、一気に快感を迸らせた。

真吾は奥さんと並んでベッドに仰向けに寝ていた。

射精したあとも、ペニスはいきり勃ったままだった。

奥さんの手が、そのペニスをまさぐってきた。

「すごいわ。まだビンビンよ」

奥さんは顔を輝かせていうと起き上がり、手にしている肉棒に屈み込み、亀頭に舌をからめてきた。

真吾は戸惑った。ペニスは奥さんの中で射精したあと、ティッシュで拭いただけだった。

それでも奥さんはかまわず怒張を舐めまわしている。

真吾にとっては、初めてのフェラチオだった。戸惑いは瞬時に消し飛んで、身ぶるいしそうになる快感をこらえて奥さんを見ていると、うっとりした表情を浮かべて唇と舌で肉棒をなぞっている。

さらにそれを咥えると、顔を振ってしごきはじめた。しかもジュルジュル生々しい音をたてて。

そんな刺戟的なフェラチオでも、一度射精している真吾は、その快感を味わう余裕があった。

そうするうち、

「ね、こんどはわたしが上になっていい？」

奥さんが手で肉棒をしごきながら、欲情しているような表情で訊いてきた。

「はい」

真吾が答えると、

「野間くん、この前、わたしが夫の上になってしてるとこ、見たでしょ？」

「ええ」

「見てて、どうだった？」

「めちゃめちゃ興奮しました」

「そう。わたしもよ。夫としてて、あんなに興奮したことはなかったわ」

いいながら奥さんは真吾の腰をまたぎ、肉棒を手にした。そして、亀頭を割れ目にこすりつけながら、

「野間くんに見られていたからよ」

いうなりヌルッと、亀頭を女芯に収め、ゆっくり腰を落とす。

肉棒が女芯の奥深く滑り込んでいくと、奥さんは苦しげな表情を浮かべてのけぞり、喘いだ。

真吾は先日の夫婦の行為を思い浮かべながら、両手を伸ばして奥さんのたわわな乳房をとらえ、揉みたてた。

「ウンいいッ。アアンッ、奥いいッ、気持ちいいッ」

奥さんが色っぽい腰をクイクイ振りながら、うわずった声でたまらなさそうにいう。

亀頭と女芯の奥の突起が、グリグリこすれ合っているのだ。

奥がいいという奥さんをもっと感じさせてやろうと、真吾は腰を繰り返し突き上げ

た。

　すると、そのたびに感じ入ったような声をあげていた奥さんがたまりかねたように倒れ込んできた。

　そのまま真吾にしがみつくと、腰を上下に激しく振りたてて、

「イクイクッ、イクーッ！」

　よがり泣きながら昇りつめていった。

　抱きついて息を弾ませながら軀をヒクつかせている奥さんに、真吾はすっかり気をよくしていた。

　童貞を卒業したばかりだというのに、年上の人妻をここまでイカせることができたという、うれしい自信も生まれてきていた。

　自信と一緒に気持ちも弾んでいた。まだ何回か射精する余裕もあったからだった。


　……思いがけない情報が真吾の耳に入ってきたのは、隣の奥さんと関係を持ってからちょうど一週間後のことだった。

　その情報は、下宿のおばさんがどこからか仕入れてきたもので、あろうことか、隣の奥さんが家を出ていってしまった、というのだった。

実際には、一週間後より前に、奥さんは家を出ていったらしい。

奥さんと関係を持った翌日以降、真吾は奥さんと逢っていなかったし、姿も見ていなかった。

じつはあの夜、奥さんから最後に別れを告げられていたのだ。

「野間くんとは今夜かぎりよ。もう逢わないほうがいいし、今夜のこと、いい思い出にしてちょうだい」

そういわれて真吾は食い下がった。

「そんなの、いやだよ。隣に住んでるのに逢えないなんて、そんなことできないよ」

「いまは熱くなってるからそう思うのよ。わたし、しばらく旅行にいくから、その間に頭を冷やしておいて」

奥さんは笑って真吾を宥めるようにいった。

だが真吾はそれを聞き入れるつもりは毛頭なかった。奥さんが旅行から帰ってきたら、絶対に逢うつもりでいた。

だから、姿が見えなくても旅行にいっているものとばかり思っていたのだ。

あの夜、真吾は明け方ちかくまでに四回、奥さんの中に快感を解き放った。

若い真吾の驚異的なスタミナに、途中からは奥さんのほうが音をあげたほどだった。

そんな奥さんとのセックスに、奥さんにいわれたとおり、真吾は一夜にして熱くなっていた。

それだけに奥さんが家を出たという話は、真吾にとってよけいにショックだった。

しかも話はそれだけではなかった。

奥さんは以前、ト×コ風呂に勤めていて、その店に客としてきた夫が彼女の虜になり、結婚したというのだった。

「あのご主人が風俗になんかいくのかと思ったら、たまたま人に連れていかれて、そこで彼女と出会って熱くなっちゃったらしいのよ。でも奥さん、またそういうお店にお勤めするんじゃない。ご主人とはまったくタイプがちがってたし、家庭に収まるような人じゃないもの」

下宿のおばさんがそういうのを、真吾は複雑な気持ちで聞いていた。

熱くなったのは、奥さんの夫だけでなく、真吾も同じだった。

それから数日後、真吾がパチンコで負けて下宿に帰ってくると、おばさんが妙なことをいった。

「野間くん、あなた、妹さんがいるなんてどうして黙ってたの？　それもよくできた妹さんなのに」

「え？　どういうことですか」

「なに、とぼけてんのよ。今日、妹さんが訪ねてきて、兄がお世話になりますって、ほら、この菓子折り、持ってきてくださったの。さっきまで部屋で待ってたんだけど、あなたがもどってこないから、また明日きますって、帰ったところなのよ」

わけがわからなかった。

真吾は首をひねりながら、自分の部屋に入った。

すると、座卓の上に手紙が置いてあった。

真吾はその手紙を読んだ。


お帰りなさい。この前は野間クン、気をわるくしただろうと思って、心配してました。

わたし、初めてなの。だから、怖さとかためらいとかあって、あんなことになってしまって……ホントにゴメンナサイ。

下宿のおばさんには、わたしのこと、野間クンの妹だといっておきました。そうしておけば、これからも野間クンの部屋にくることができると思って。といっても野間クンがよければだけど。

美紀より

読み終わった真吾は、落ち込んでいた気持ちが一気に晴れあがっていくのを感じていた。

セカンド・バージン

1

「ところで美咲（みさき）、まだ彼氏できないの？」

食事のあとワインを飲んでいると、唐突に裕子（ゆうこ）が聞いてきた。

「やだ、またその話」

美咲は苦笑した。このところ会うたびに同じことを聞かれていた。

「やだじゃないでしょう」

裕子は焦れったそうにいった。

「そりゃあんなことがあって男性不信になるのもわかるけどさ、もう二年だよ。いつまでもいやなことを引きずってないで、少しは自分のためを考えたら？　このままだと、自分で自分を傷つけてるようなものじゃないの」

「それは、わかってるんだけど……」

美咲は口ごもった。

「どうしようもないんだっていうんでしょ？　そんなことといってるから、いつまでたってもだめなのよ」

いつものことながらキツイ言い方をする裕子だが、真剣に自分のことを思ってくれているのがわかっているので美咲は黙って聞くしかない。

ただ、それが裕子をますます焦れったくさせるのも、いつものことだった。

「美咲、自分が被害者だってこと、忘れちゃったの？」

「忘れてなんかないわ」

「だったら、どうしようもないなんていってないで、もっとしっかりしなさいよ。被害者なのに、そのうえ男性不信まで植えつけられちゃってたら、踏んだり蹴ったりじゃないの。わたしだったら頭にきちゃって、そんなもの、とっくに投げ捨ててるわ。もっともその前にわたしの場合は、男と女の関係に幻想なんて持ってないからさ、どんなことがあっても男性不信になんてならないけど」

最後は誇らしげに笑って裕子はいった。

裕子ならそうだろう、と美咲は思った。そして、幻想という言葉からふと、いつかどうして結婚しないのか訊いたとき、裕子がいまと同じような笑みを浮かべていったことを思い出した。

「わたしって結婚には向かないタイプなのよ。ていうか、いろいろな男と付き合ってるうちに、幸せな結婚生活なんて幻想を持てなくなったっていったほうがいいかな。でもだからって男に失望してるわけじゃないよ、なにしろ趣味は男ってヒトだから。だけど、夫という男だけはノー・サンキューだわ」

美咲と裕子は学生時代からの親友で、ともに三十二歳である。

美咲は高校の教師、裕子は予備校の講師で、ふたりとも英語を教えている。

ただ、ふたりは性格的にも行いの面でも正反対のタイプだ。

一言でいえば、美咲は硬派、裕子は軟派。それが逆に磁石のプラスとマイナスのように働いて親友になったという感じだった。

そして、タイプのちがいはそのまま、これまでの二人の男関係に表われていた。

裕子は自分で「趣味は男」というとおり、昔から男関係が派手で、いまではもう「恋だの愛だのって面倒なことは卒業した」などといって、もっぱら出張ホストを相手にしている。

対照的に美咲は、二十五歳で結婚するまでバージンだった。

といってもてなかったわけではなかった。むしろ異性関係に積極的な裕子などよりもてたが、ガードが堅くて一線を越えるまでには至らなかったのだ。商社マンの夫との結婚生活は幸せだった。精神的にも肉体的にも満ち足りていた。

まだ子供は授かっていなかったが結婚して五年、二年前の〝あの日〟を迎えるまでは、美咲自身その幸せを信じてきって疑ってみたことさえなかった。

あの日、雨足が激しくなった深夜、警察から電話がかかってきた。夫が交通事故で死亡した、という報せだった。

なにかのまちがいではないか、そうであってほしいと祈りながら警察にかけつけた美咲は、夫の遺体に直面して失神した。

そして、気がついたあと、さらに過酷な事故の詳細を聞かされたのだった。

夫が運転していた車には、女の同乗者がいたのだ。女の名前は、友田梨香。年齢は二十三歳。夫の部下だった。

しかも事故当時、夫のズボンと下着は膝のあたりまで下がっていた。友田梨香の着衣に乱れはなかったが、走行中の車内でなにが行われていたか明白だった。

そのことが夫の運転を誤らせ、対向車線を走ってきた大型トラックに激突、ふたりは即死した、というのが警察の見方だった。

心から愛し愛されていると信じきっていた夫に、あろうことか女がいた。しかも走っている車のなかで、そんな淫らな行為にふけることができる関係の女が──。

美咲にとっては夫の死よりもそのことのほうがショックだった。打ちのめされて、半死半生の状態に陥った。

そのとき親身になって慰め励ましてくれたのが、裕子だった。

そのおかげでどうにか立ち直ることができたものの、夫の裏切りによって植えつけられた男性不信だけは消えなかった。

「美咲は真面目すぎるのよ」

裕子が美咲と自分のグラスにワインを注いでからいった。それでボトルが空いた。

「美咲みたいなタイプが男性不信から抜け出すためには、あえて思いきったことしなきゃ無理かもよ」

「思いきったことって？」

つられたように美咲は訊いた。

「とりあえず、男とセックスしてみるのよ」

裕子はこともなげにいった。美咲は啞然とした。

「裕子ったら、酔っ払っちゃったの？」

「少しは酔ってるけど、でもいってることはシラフよ」

裕子は真面目な顔つきでいった。

「美咲ってさ、セックスは愛がなきゃできない、しちゃいけないと思ってるでしょ？だけど、愛なんて面倒なものを必要としないセックスもあるのよ。むしろそのほうがよけいなことを考えなくてすむから、その意味では純粋にセックスそのものを愉しめるわ。美咲にそれがわかれば、セックスに対する考え方とか男に対する考え方も変わって、男性不信から解放されると思うの。どう、いちど、わたしが利用してる倶楽部の男の子と寝てみない？」

「よしてよ。裕子と一緒にしないで」

美咲は一笑に付した。裕子は出張ホストのことをいっているのだった。

「だって美咲、あなた二年もセックスしてないでしょ？　もう完全にセカンド・バージンじゃない。そんなの、精神的にも肉体的にもよくないわよ」

「裕子ったら……でもありがとう、いろいろ心配してくれて。やっぱり持つべきものは友だわ」

「なによそれ。強烈な嫌み？」

「それと心からの感謝の両方よ」

「まったく、もう……」

ふたりとも真顔で応酬して、笑い合った。

ただ美咲は、セカンド・バージンという言葉に動揺していた。

2

帰宅すると、美咲はさっそく包みを開けてみた。

裕子と会っていたイタリアンレストランで、「これ、いろいろ気を遣う親友からのプレゼント。帰ってから開けてみて」と裕子から渡された包みだった。

「なによこれ！」

美咲は思わず声に出して眉をひそめた。

包みの中身は、いやらしいＤＶＤだったのだ。ケースに、裸の女が豊満な乳房を後ろから男に揉みしだかれているシーンが印刷されていて、その種のＤＶＤを初めて手にした美咲でも、すぐにそれとわかった。

タイトルは、『熟女の疼き』。〝素人人妻が流すホンキ汁〟という、いやらしいサブタイトルがついていた。

包みの中身はビデオだけではなかった。折り畳まれた紙が入っていた。それを開いてみた。


美咲、プレゼントの中身を見て驚いたでしょ？　これ、私がいま贔屓にしてる彼が持ってきた無修正アダルトＤＶＤなの。といっても美咲のことだから、たぶんフツーのアダルトＤＶＤも見たことないでしょうけど、このＤＶＤ、なかなか刺戟的よ。彼とふたりで見て盛り上がったの。未亡人の美咲には刺戟が強すぎるかもしれないけど、美咲がこれを見てセカンド・バージンを捨てる気になれば幸いだと思ってプレゼントしたの。その気になったら、倶楽部に電話するといいわ。

――お節介な裕子より

そのあとに、出張ホスト倶楽部の名称と電話番号が書いてあった。

――ほんとにお節介よ！

そう思って美咲は苦笑いした。

そのとき、電話がかかってきた。

——裕子だわ、とっちめてやらなきゃ。

気負い込んで電話に出た。

が、ちがった。黒瀬だった。裕子なら携帯にかけてくるはずだと、そのときになって思った。とんでもないプレゼントに動揺して、平静さを失っていたのだ。

『一度電話したんですけど、留守だったみたいですね』

「ええ。いま帰ったところなの」

美咲は自分に戸惑っていた。黒瀬の声を聞いたとたん、なぜか胸がときめいたからだった。

『デートですか?』

黒瀬が訊いてきた。軽い、あっさりしたその口調に、美咲は反撥をおぼえ、

「ええ」

と答えた。

『え!? 奥さんて、そういう人いたんですか?』

打って変わって、黒瀬の口調には動揺が感じられた。

「いたら変?」

訊き返した美咲の声は弾んでいた。

『あ、いえ、そういうわけでは……』

黒瀬はあわてていって口ごもり、

『ただ、奥さんもぼくと同じだろうと思ってましたから』

と、力なくいった。

それを聞いて美咲は、からかってわるいことをしたと思い、謝った。

「ごめんなさい。ちょっと、黒瀬さんをからかってみたくなったの。ほんとは、デートの相手は親友の女性なの」

『え!? なんだ、そうだったんですか』

黒瀬はホッとしたようにいった。

『それなら最初からそういってくださいよ。一瞬彼氏がいるのかと思って、焦っちゃったじゃないですか』

恨めしそうに妙な言い方をした黒瀬に、美咲は胸騒ぎをおぼえながら訊いた。

「わたしに彼氏がいたら、どうして焦っちゃうの?」

『俺、ほかの女は信じられないけど、奥さんだけは俺の気持ち、わかってくれてると思ってるんです、信じられるんです』

それまでの「ぼく」を「俺」といって、どこか意を決したような言い方を黒瀬はした。

『だから、思いきっていっちゃいますけど、俺、奥さんのこと、好きなんです』

美咲はうろたえた。それでいて、息苦しいほど胸が高鳴っていた。

『これって、迷惑ですか？』

美咲が黙っているので不安になったのか、恐る恐る黒瀬が訊いてきた。

「いいえ」

美咲の声はうわずった。

『よかった。こんなことをいったら、もう会わないといわれるんじゃないかと思って、心臓がバクバクしてたんですよ』

黒瀬は弾んだ声でいった。

『じゃあ食事に誘ってもいいですか』

「ええ」

よくないともいえず、美咲はそう応えた。

『じつはそれで電話したんですけど、明日はどうです？　料理も酒もまずまずの店に案内しますよ』

美咲は返事に困った。

黒瀬と酒を飲めば、それだけではすまないことになるかもしれない。

ふと、そんな予感が頭をよぎったからだった。

「でも、明日はちょっと……」

『いつならいいですか？』

「そういわれても、いますぐには……あとで、わたしから電話します」

動揺したまま、美咲は苦し紛れにいった。

『じゃあ早く電話をもらえるよう、期待して待ってます』

黒瀬が嬉しそうにいって電話を切ったあと、美咲はゆっくり受話器をもどした。

まだ胸が高鳴っていた。黒瀬に「好きだ」と告白されたせいもあったが、それ以上に彼と酒を飲めばただではすまないことになるかもしれないという予感が頭をよぎったせいだった。

――そんなこと、あるはずがないのに……。

自分に言い聞かせるように、美咲はつぶやいた。

黒瀬は、夫と一緒に事故死した友田梨香の元恋人なのだった。

そのことを美咲が知ったのは、夫の初七日をすませた直後だった。

突然、黒瀬と名乗る男から「ご主人と友田梨香のことでお話ししたいことがあるので会ってください」という電話がかかってきて、会ったのだ。

電話では冷静だった黒瀬だが、美咲と会うと夫に対する怒りを抑えきれなくなったらしく、美咲に向かって夫のことを激しく罵った。

それも無理からぬ話だった。

黒瀬は夫と同じ商社の社員で、部署はちがうが夫と面識があった。しかも黒瀬と梨香が恋人関係にあることは、梨香を通して三人で飲食を共にしたこともあって、夫も知っていた。それなのに夫と梨香は黒瀬を裏切って関係を持っていた。そのことを黒瀬はふたりが事故死して初めて知ったのだという。

美咲は黒瀬になにもいえなかった。おたがいに同じ被害者だから、黒瀬の気持ちは痛いほどわかった。夫を罵るのを黙って聞くしかなかった。

その後、黒瀬からは何の連絡もなかった。

ところが一カ月ほど前、街で偶然出会った。黒瀬のほうが美咲に気づいて声をかけてきたのだ。

「あのときはつい感情的になってしまって、失礼なことをいってすみませんでした」

黒瀬はそういって美咲に謝り、もしよかったら少しお話しする時間をくださいと、美咲をお茶に誘った。

話が夫と女のことになるのはいやだったが、同じ被害者の黒瀬のことも気になって、美咲は誘いに応じた。

黒瀬も美咲と同じ思いだったらしい。できるだけ夫と元恋人の話は避けて、当たり障りのない会話に努めようとしているふしがあった。

ただ、「女が信じられなくなった」という言い方でそのことに触れただけだった。

それを聞いて、美咲は黒瀬に同情した。同病相哀れむような気持ちが生まれ、黒瀬に親近感をおぼえた。

そのせいで、当たり障りのない会話も愉しかった。そのとき、黒瀬の年齢が二十六歳だということも知った。

それ以来、ここ一カ月ほどの間に黒瀬と二度会った。

二度とも喫茶店で話しただけだったが、その間に美咲の気持ちの中に微妙な変化が生まれていた。

暗闇の中に小さな明かりが灯ったような感じだった。

そのことは、裕子には黙っていた。内緒にしていたわけではなく、打ち明ける必要はないと思っていた。

なぜなら美咲自身、黒瀬との関係は出会いの経緯が経緯なだけに、これ以上発展することはないしするはずがない、と思っていたからだった。

裕子からプレゼントされたいかがわしいDVDのことが、黒瀬からの電話のあとに入った風呂の中でも、美咲の頭から離れなかった。

美咲はバスローブ姿のまま、DVDをプレイヤーにセットし、照明を消して部屋を暗くすると、リモコンを手にしてソファに座った。

とてもそんなものを明るい部屋で見る気にはなれなかった。その前に、どうせすぐいやになって見るのをやめるだろうと思っていた。

それでいて、ドキドキしていた。緊張もしていた。

テレビのスイッチを入れた。画面が暗闇のなかに浮かびあがった。チャンネルをDVDのそれに合わせて、再生ボタンを押した。

テレビ画面にパッケージに印刷されていたタイトルが現れ、つづいて家事をしている女——素人の人妻という設定なのだろう——のようすが映しだされた。

それも掃除をしたり洗濯物を干したりしている人妻のバストやヒップ、それに下からスカートのなかを舐めるようにカメラがとらえた、いやらしい映像だ。

女は美咲と同年齢か、やや上のようだった。

平凡な顔立ちをしていて、こういうビデオに出演するようには見えない。ただ、見るからに熟女という感じの、グラマーで色っぽい軀つきをしている。

人妻が台所に立っているとき突然、画面にプロレスラーが被るような眼と鼻と口が開いている黒いマスクをつけた男が現れた。

男は人妻にナイフを突きつけて服を脱ぐよう命じた。金ならあげるからやめて、と人妻は懇願した。

だが男は聞き入れない。強引に人妻のスカートを引き上げ、むっちりとしたヒップを撫でまわしながら、人妻の耳元で卑猥なことをいう。

『奥さん、俺は前から奥さんのこのむちむちした熟れた軀を狙ってたんだよ。ほら、亭主よりずっと感じさせてよがり泣きさせてやるから、じっとしていな』

人妻はいやがりながらも相手がナイフを持っているので抵抗はできない。それをいいことに男は人妻を脱がせて全裸にすると、台所の流し台を背にして立ったままの人妻の豊満な乳房を両手で揉みしだいたり、しゃぶりついて舐めまわしたりしながら、片方の手で人妻の下腹部の濃厚なヘアを撫でまわす。

さらには指でクレバスを攻めたてる。

美咲は知らず知らず、繰り返し息を呑みながら、画面に見入っていた。

そのとき思わず、「やだ」と声を洩らした。

それまでいやがっていた人妻が悩ましい喘ぎ声を洩らしはじめ、男に嬲られているクレバスからクチュクチュという生々しい音が響きだしたからだ。

しかも画面にときおり、男の指がこすりたてている局部のアップが映し出されるのだ。

それを見ているうちに美咲の子宮は熱をおびて疼きはじめ、呼吸が苦しくなってきていた。

やがて男は感じてきた人妻をしゃがませると自分も裸になり、ほら奥さん、しゃぶりなよと、猛々しくいきり勃ったペニスを人妻の口元につきつけた。

人妻は初めのうちこそいやがって顔を振っていたが、ペニスを顔にこすりつけられているうちに欲情が浮きたったような表情になってそれを舐めまわし、咥えてしごきはじめる。

そればかりか、奥さん美味しいんだろ？　と男が勝ち誇ったように訊くと、うっとりした表情でうなずき返し、せつなげな鼻声を洩らしながら夢中になってペニスをしごくのだ。

そんな人妻をはしたない、いやらしいと思いながらも美咲は、勃起したペニスを久々に見て我慢できなくなり、片方の手でバスローブの胸をはだけて乳房を揉み、一方の手を下着をつけていない下腹部に這わせて、クリトリスを指で撫でまわしていた。

男が人妻を立たせた。後ろ向きにしてヒップを突き出させると、人妻の唾液で濡れ光っている肉棒のようなペニスを手にし、蜜にまみれているクレバスをまさぐって押し入った。

ペニスがズブッと人妻の中に挿し込まれるシーンのアップが画面に映った瞬間、美咲はまるで自分がそうされたような感覚に襲われて、「アアッ」と昂った喘ぎ声を洩らしていた。

男は両手で人妻の腰をつかんで激しく腰を使っている。流し台につかまった人妻がそれに合わせてのけぞりながら、泣くような喘ぎ声をあげる。

繰り返し画面に映し出される、蜜にまみれた肉びらの間をズコズコと突きたてるヌラヌラと濡れ光った肉棒——。

いつしか美咲は両脚を開き、右手の中指でビンビンに膨れ上がっているクリトリスをこねまわし、左手の中指を熱く潤んで疼いている膣に挿し入れ、画面の肉棒のように動かしながら、人妻と同じような声を洩らしていた。

3

ホテルに部屋を取ったものの、美咲は躊躇っていた。

こんなことをするきっかけになったのは、裕子からプレゼントされたいやらしいDVDだった。

この五日間、美咲はあのDVDの生々しい映像に悩まされてきた。というより苦しめられてきた、といったほうがいい。

毎晩、レイプ犯と人妻が三度も場所や体位を変えて痴態を繰り広げるシーンを見ていた。それも飽きることなく、まるで中毒患者のように、見まいと思っても見ずにはいられなかった。

そして、最初の二日間はそのたびにオナニーせずにはいられなかったが、さすがに三日目からはしたくてもかろうじて我慢した。ところがそのぶん、遣り場のない性欲に苦しめられる羽目になった。

それはDVDを見るまでの、ときおり襲ってくる性欲とはちがっていた。

それまでの性欲は欲求不満が溜まって自然に生まれてくるそれだったが、DVDを見てからはそんな生易しいものではなかった。

あのいやらしく生々しい映像が頭にこびりついて、つねにセックスのことを考えて躯が疼き、まるで発情したような状態だった。

それで思い余って、裕子がいっていた「思いきったこと」をしてみようと思ったのだ。

だがはっきり決心がついたわけではなかった。それでいてホテルに部屋を取ったのだから、躊躇って当然だった。

それに美咲にはまだ、男を買う、という実感がわかなかった。ホテルに部屋を取ったことも、ただ刺戟を求めてそうしただけのように思えた。

部屋はホテルの三十四階にあるシングルルームだった。

――やっぱり、わたしには無理だわ。裕子のように割り切れない。

美咲は胸のなかでそうつぶやき、自嘲の苦笑を浮かべて椅子から立ち上がった。

窓辺に立って都心の夜景を見下ろすと、灯の海がひろがっていた。それを眺めているうちにふと、どこか現実からかけ離れた世界にいるような気持ちに襲われて、不意に黒瀬の顔が目の前に浮かんできた。

とたんに胸が高鳴り、息苦しいほどになった。もう自分を抑えることはできなかった。

気がつくと、ベッドに腰かけて受話器を取り上げていた。

そのときになって自分の勝手な思い込みに気づき、美咲は自嘲した。

黒瀬が自宅にいるものと決めてかかっていたのだ。まして土曜日の夜だった。女性不信に陥っている黒瀬だが、独身の若者が自宅にいる可能性は薄い。

──いなければいなくてもいい。そのときはもう、彼とは会わないことにしよう。この先どうなるという関係ではないのだから。

賭けをする気持ちになってそう自分にいい聞かせながら、美咲は黒瀬の自宅の電話番号を押していった。

果たして、二回の呼出音で受話器が持ち上がり、黒瀬の声が出た。

その声を聞いた瞬間、美咲は激しい胸の高鳴りと一緒にかるいめまいに襲われた。

4

美咲からの突然の呼び出しに、黒瀬は驚きつつも胸をときめかせながら急いで外出の支度をして部屋を飛び出した。

なにしろホテルの部屋にきてほしいといわれたのだ。食事をしようというのとはわけがちがう。セックスしようといっているのも同然だった。

──あの奥さんが、どうしていきなりそんな誘いをしてきたのか？

驚きと一緒にそんな疑念もわいた。

だが疑念に付き合っている余裕はなかった。というよりも膨れあがる期待と逸る気持ちで疑念は胸の片隅に追いやられていた。

──虫が報せたのかな、部屋にいてよかった。

そう黒瀬は思った。

女が信じられなくなってからというもの、土曜日の夜は大抵、飲みにいくか、そうでないときは性欲を処理するためだけに風俗店に足が向いていた。

それがこの夜はとくに理由もなく、たまたま部屋にいたのだ。

美咲にいわれたホテルに駆けつけ部屋の前に立ったとき、黒瀬の息は弾んでいた。

チャイムを鳴らすと、ややあってドアが開いた。

美咲が顔を覗かせて、「入って」と硬い表情と声でいった。

黒瀬は部屋に入った。部屋はシングルだった。広くないのでやたらとベッドが眼について、いやでも黒瀬の胸は高鳴った。

「驚いたでしょ？　突然、こんなところに呼び出しちゃって」

スーツ姿の美咲がいった。黒瀬も緊張ぎみだったが、美咲はそれ以上なのか、微笑もどこかぎこちない。

「ええ。正直いって、ウソって思ったほど」

黒瀬は笑いかけていった。

「わたしもよ。まだ自分がしていることが信じられないって感じ……」

美咲はそういうともたれかかってきた。

「こんなことをしてること自体そうだけど、黒瀬さんとはフツーの関係じゃないんですもの」

「そんなこと、気にすることはないよ」

いうなり黒瀬は美咲を抱きしめ、いきなり唇を奪った。

美咲は驚いたような小さな呻き声を洩らして軀をよじり、顔を振って逃れようとした。

だが黒瀬が強く抱きしめ、唇を合わせたままにしていると、ふっと抵抗するのをやめた。

ふっくらとした唇を分けて、黒瀬は舌を差し入れた。それを美咲はすんなりと受け入れた。

黒瀬は舌をからめていった。美咲もおずおずからめ返してきた。ほとんど同時に美咲の軀から力が抜け落ちた感じがあった。

すぐにおたがいの激情をぶつけ合うかのような濃厚なキスになって、美咲がせつなげな鼻声を洩らす。

黒瀬は興奮を煽られて片方の手を美咲の背中から下ろし、タイトスカート越しにヒップを撫でまわした。

むちっとした形のいいヒップの感触が、早くもズボンの前を突き上げているペニスをうずかせた。

黒瀬の、ヒップを撫でまわす手と、強張りを下腹部に感じてか、美咲が腰をもじつかせながら、熱っぽく舌をからめてくる。

興奮が高まってきているらしく、美咲の唾液からそれまでにない生々しい匂いが感じられる。いやな匂いではない。欲情を煽る匂いだ。

黒瀬はスカートの中に手を差し入れようとした。――と、美咲が顔をよじって唇を離した。

「だめ。もう立ってられない……」

息を弾ませながらいう。顔に興奮の色が浮きたっている。

「黒瀬さんも脱いで」

そういってベッドに腰かけると、美咲はスーツに手をかけた。

立ったまま黒瀬も手早く服を脱いでいった。

ふたりとも無言だった。どんな言葉を口にしても、ふたりを包み込んでいる官能的な濃密な空気を変えてしまいかねない感じがあった。

そんな中、うつむきかげんで着ているものを脱いでいる美咲を見ながら自分も脱いでいる黒瀬は、驚きと一緒に興奮を煽られた。

美咲は薄紫色のブラをつけていた。ちょっと意外だった。

理知的な顔立ちをして堅い感じのする美咲だから、黒瀬のほうで勝手に白い下着を想像していたのだ。

よくいう〝勝負下着〟かもしれなかったが、その意外性が黒瀬を興奮させた。

上半身ブラだけになると美咲は立ち上がって黒瀬に背を向け、タイトスカートを脱ぎ下ろしていく。

黒瀬はドキッとした。

肌色のパンストの下の、ブラと同じ薄紫色のハイレグショーツが透けているヒップは、いやらしいほどムチッとして、それでいて形がいい。

それにプロポーションがいいのはもとよりわかっていたが、とりわけ悩ましくくびれたウエストからそのヒップにかけての線が息を吞むほど官能的だった。

ついで美咲はパンストを脱いだ。ショーツだけになったのを見て黒瀬は、後ろから襲いかかりたい衝動にかられた。黒瀬もパンツだけになっていた。

だが一瞬ためらっているうちに、美咲は脱いだものをまとめて椅子の上に置くとベッドに上がり、カバーの下に入った。

「おねがい、明かりを消して」

美咲がいった。

黒瀬はベッドサイドのスタンドの明かりだけを残して部屋の照明を消すと、美咲の横に軀を滑り込ませた。美咲が軀を固くするのがわかった。

「スタンドも消して」

うわずったような声で美咲がいった。

「そんなことをしたら、真っ暗になってなにも見えないよ」

黒瀬は笑っていってカバーをめくった。とたんに「いやッ」と恥ずかしそうな声をあげて、美咲は黒瀬の胸に顔を埋めてきた。

「すごい恥ずかしがり屋なんだな。こんなきれいな軀してるんだから、さ、恥ずかしがらないで見せてよ」

黒瀬は美咲の腰から肩にかけて滑らかな肌と悩ましい曲線を手でなぞり、肩を押しやった。

「だめッ」

といって美咲は両手で顔を覆った。

黒瀬は呆気に取られた。

——まるでバージンみたいじゃないか。それとも、演技で恥ずかしがってるだけなのか。いや、まさか彼女がそんなことをするはずはない。

そう思うと、美咲の羞じらいが新鮮な刺戟となって欲望がくすぐられた。

美咲は両手で顔を覆うと同時に両腕で胸を隠している。

黒瀬は美咲の両腕を押し分けた。

美咲はまた「だめッ」と喘ぐようにいった。同時にみずみずしく張って形よく盛り上がった乳房があらわになった。

そこに黒瀬は顔を埋めた。美咲が鋭く息を吸い込むような声を洩らして軀をヒクつかせた。

黒瀬は乳首を口に含んで吸ったり舌でこねたりしながら、片方の乳房を手で揉んだ。

すぐに美咲の口からせつなげな声がたちはじめた。

黒瀬が上目遣いに見ると、顔から両手を離し、悩ましい表情を浮かべて繰り返しのけぞっている。

乳首を口にしたとき、すでに硬くしこっている感じがしたのを、黒瀬は思い出した。

──こうなることを期待して、その前から興奮していたのかも。あれから二年、もし彼女がまったく男と付き合っていなかったとしたら、その間セックスしていないのだから、そうだとしても無理はない。だから、やたらに恥ずかしがったり、キスしただけで異常に興奮したりしたんだろう。だとしたら、アソコはもう……。

黒瀬は期待に胸をときめかせながら軀をずらしていき、美咲の下半身に移動した。

美咲は片方の腕で乳房を隠し、一方の手を下腹部に当て、片方の膝を内側に曲げている。そして、恥じらいと昂りが入り混じったような表情の顔をそむけている。

黒瀬はゾクゾクしながら両手をショーツにかけた。

「あ、だめ」

美咲はうろたえたようすで腰をくねらせた。

見ると、また両手で顔を覆っている。

三十二歳の未亡人の羞じらいが、黒瀬の欲情を煽ると同時に悪戯心を誘発した。

「ショーツ、脱がしてもいい？」

「いやッ、知らないッ」

顔を覆ったまま、美咲は戸惑ったようにいった。

その反応に黒瀬は気をよくして、悩ましくひろがっている腰からわざとゆっくりとショーツを下ろしていく。

「いやッ、だめッ」

美咲があわてた感じで腰をもじつかせる。

ずり下がったショーツから、黒々として、濃い部類に入るヘアが覗いている。

「へえ。奥さんて意外にヘアが濃いんだ」

「そんな、いやッ」

美咲は恥ずかしくていたたまれなさそうに腰をくねらせる。

黒瀬はさらにショーツを下ろし、美咲の両脚から抜き取った。そして、それをひろげて股布の部分に触ってみた。案の定、ジトッと湿っていた。

「すごいな、ショーツまで濡れてる」

「いやッ、やめてッ。そんなもの、見ないでッ」

美咲は両手で覆ったままの顔を振りたて、狼狽しきっていった。

黒瀬は美咲の両脚を押し開くと、その間に腰を入れた。

「あぁッ」

美咲は喘いでのけぞった。絶望の響きを感じさせる声だった。

あからさまになっている秘苑に、黒瀬は見入った。

逆三角形状に黒々と繁茂したヘア。まばらに生えたヘアに縁取られてひっそりと合わさり、そこまで濡れがひろがっているやや濃い茶褐色の肉びら。

理知的な顔立ちとは似ても似つかない、猥りがわしく生々しいその眺めが、黒瀬の欲情と興奮をヒリヒリするほどかきたてた。

黒瀬は両手で肉びらを分け、口をつけた。ヒクッと腰が跳ねて、短い悲鳴に似た声が美咲の口から発せられた。

黒瀬はクリトリスを舌でとらえてこねまわした。

たちまち美咲はすすり泣くような声を洩らしはじめた。

クンニリングスをつづけながら、黒瀬が上目遣いに見ると、いつのまにか両手を顔から離し、いまにも泣きだしそうな表情を浮かべてのけぞっている。

欲求不満が溜まっていたせいだろう。黒瀬が持ち前のテクニックを駆使するまでもなく、それにあっけないほど早く、美咲は絶頂に達し、よがり泣きながら腰を揺すりたてた。

黒瀬が上体を起こすと、興奮しきった表情で息を弾ませていた。

パンツを脱ぎ捨てると、黒瀬は美咲を抱き起こした。

「こんどは奥さんがしゃぶってよ」

座ったまま脚を開いてうながすと、美咲はまるでいきり勃っているペニスに魅入られたような表情で、黒瀬の股間に顔を埋めてきた。

5

美咲は夢中になってペニスを舐めまわし、しゃぶり、さらには陰嚢(いんのう)にまで舌を這わせてくすぐったりした。

そればかりか、しゃぶると同時にいやらしい音までたてた。

いままで陰嚢に舌を使ったり音をたててペニスをしゃぶったりしたことなどなかった。裕子からプレゼントされたDVDを見て知ったその行為を、夢中になっているうちにひとりでにしていたのだった。

それほど美咲は二年ぶりのセックスに興奮し、我を忘れていた。

「すごいな、奥さんのフェラ・テク」

黒瀬がうわずった声でいった。

美咲は肉棒を咥えると、顔を振ってしごきながら黒瀬を見上げた。

興奮しきって唖然としたような黒瀬の表情が、眼が合ったとたん、ドキッとしたようなそれに変わった。

「ね、美味しい？」

眼をつむって顔を振っている美咲に、黒瀬がいやらしい訊き方をしてきた。

美咲は素直にうなずいた。

「ああ、美味しそうにしゃぶってる奥さんの顔を見てたら、我慢できなくなってきちゃったよ」

たまらなさそうにいって黒瀬が美咲を起こした。

美咲も同じだった。口で肉棒をしごいているうち、まるでそれが膣の中を出入りしているかのような錯覚に襲われて、たまらなくなっていた。

黒瀬が押し倒してきた。仰向けに寝た美咲は、『きて』と自分から股を開いた。黒瀬がペニスをクレバスにこすりつけてきた。

「ああッ、きてッ」

思わずいって腰をうねらせた。

「入れてほしい？」

黒瀬が肉棒で割れ目をかるくこすりながら訊く。

美咲はうなずき返した。それも無我夢中で、強く──。

「どこに？」

と黒瀬。そこに決まっている。美咲は焦れて、腰を揺すっていった。

「そこッ。ああッ、もうきてッ」

「ここはなんていうの？　真面目な奥さんでも、いやらしい言い方、知ってるよね」

「いやッ。そんなこと、いえない……」

美咲はかぶりを振っていった。

そこをどういうか、知っていた。だけど、夫からも黒瀬のような訊き方をされたことはなかったので、いままで口に出していったことはなかった。

「いえないって、ペニス入れてほしくないの？」

黒瀬がクチュクチュ卑猥な音を響かせて、なおも訊く。

「いやッ、焦らしちゃいやッ」

美咲は腰を振りたてた。

ペニスでクリトリスや膣口をこすられて膣がヒクつき、そのたびに泣きだしたくなる疼きに襲われていた。

「どこにこれを入れてほしいのか、ちゃんと奥さんがいったら入れてあげようと思ってるのに、いわないいんじゃ俺も困っちゃうよ」

黒瀬が笑いを含んだ声でいう。

「ああん、意地悪ッ。おねがいッ、もう入れてッ。オ××コに入れてッ」

美咲はいった。初めて卑猥な言葉を口にした瞬間、めまいに襲われた。

「先生をしてる奥さんからそんないやらしいことをいわれると、メチャメチャ興奮しちゃうなァ。もう一回いって」

いわれて、美咲はまたいった。こんどは興奮をかきたてられた。

その直後、肉棒が突き入ってきた。

――アアッ、この感じ！

したたかな感覚にのけぞると同時に子宮がとろけるような快感の疼きに襲われて
「アーッ、イクーッ！」

美咲は一気に達してわななないた。

「え!?！　もうイッちゃったの？」

黒瀬が驚きの声をあげた。

思わず美咲はいった。

「ああ、このままジッとしてて」

「え？　動かないでいいの？」

「いいの。この感じ、もう少し味わっていたいの」

美咲は息を弾ませながら、正直にいった。

「そうか。奥さん久しぶりだもんね」

「そういう黒瀬さんだって、そうじゃないの？」

「俺？　俺は適当に風俗に通ってたんだ。金ですんじゃうから」

黒瀬は苦笑いしていった。

「そう。男性はいいわね。そういうところがあって、気軽にいけちゃうから」

美咲は笑み浮かべていった。ぎこちない笑みになり、声がうわずった。

「そんなとこでいろいろ経験してるからなのね、わたしにいやらしいことといわせたりしたの」

「そういうわけでもないけど、俺、ちょっとSッ気があるのかも」

「Sッ気って?」

「ああ、SのS、サドッ気」

「SMの趣味があるの?」

美咲は驚いて訊いた。

「趣味なんてないけど、男なら大抵そうだよ。ソフトSMぐらいは……あ、ソフトSMといってもわからないよね。かるく縛ったり目隠ししたりして、羞恥プレイみたいなことをするんだけど、そうだ、こんどしてみようか」

声を弾ませて訊く黒瀬に、美咲は困惑した。ただ、黒瀬がいっているようなことくらいなら、してみたいという気持ちがないではなかった。そんな気持ちになった自分に戸惑っていると、

「もう動いてもいい? ていうか、動いてほしいんじゃない?」

黒瀬が訊いてきた。嬉しくなるようなペニスの挿入感を味わっているうちに美咲のほうがさっきからゆっくりと腰をうねらせていたのだ。

「だって奥さん、いやらしい腰つきしてるんだもん。もうじっとしてられないよ」

黒瀬がたまらなさそうにいう。

「いいわ」

美咲は苦笑していった。

「でもその奥さんていうの、もうやめて」

「じゃあなんて呼べばいいの?」

黒瀬はペニスを抜き挿ししはじめた。

「美咲で、いいわ」

声がうわずった。膣を肉棒でこすられてかきたてられる快感に、すぐに喘いでのけぞらずにはいられなくなった。

「ね、見る?」

黒瀬が妙なことをいった。

え⁉ という顔で黒瀬を見ると、ここ、とふたりの股間を指さす。美咲はうなずいた。

黒瀬は美咲を抱き起こした。美咲は股間を見やった。濡れた肉びらが肉棒を咥えたようないやらしい眺めに、カッと全身が火のようになって興奮をかきたてられた。

「どう、興奮する?」

訊いて、黒瀬が肉棒を抜き挿しする。

「するわ、たまんない」

声がかすれた。DVDで見たのと同じ卑猥な眺めに見入ったまま、めまいがするような興奮に襲われながら、美咲も黒瀬に合わせて腰を使った。

「ああッ、いいッ。オ××コいいッ」

夢中になっているうちに、本音がそのまま口を突いて出た。

それが黒瀬の興奮を煽ったらしい。襲いかかるようにして美咲に覆いかぶさってくると、激しく突きたててきた。

美咲はよがり泣いていた。涙があふれて、本当に泣いていた。

「このDVDを見てもなんともなかったなんて、美咲どうかしてるんじゃないの?」

裕子は啞然としている。

DVDをプレゼントされた翌日、裕子から電話がかかってきて、美咲が「見た」というと、裕子は感想を訊いた。それで美咲は「こんど会ったとき話す」と答え、この日会って「特になにも感じなかった」といってビデオを返したところだった。

「そりゃかなり重症だよ」

裕子は真顔でいった。

「男性不信でセカンド・バージンをつづけてるうちに、不感症になっちゃったんじゃない？」

「そうかも。でもわたしのこと、もうあまり心配しないで。大丈夫だから」

美咲は笑っていった。

「なにが大丈夫よ。ちっとも大丈夫なんかじゃないじゃない。あんたね、女の危機に瀕しているのよ。笑ってる場合じゃないわよ」

「わかった、考えるわ。考えるから今日はわたしのことより、裕子の彼のことを教えてよ。わたしも参考にするから」

例によって自分のことのように憤慨した裕子だが、珍しく美咲から自分のことを聞かれると、ちょっと驚いたような表情を見せた。

だがすぐに上機嫌になって、お気に入りの出張ホストのことを、彼とのセックスまで自慢げに話しはじめた。

それを聞きながら、美咲は考えていた。

――親身になって心配してくれる裕子に、そう長くは黒瀬のことを内緒にしているわけにはいかない。経緯を知ったら、裕子も驚くだろう。わたし自身、まだ信じられないくらいだから。

それでいて、黒瀬のことを考えたときから美咲の胸はときめいていた。黒瀬とは昨日会ったばかりだが、明日も会うことになっていた。

——こんど会ったら、ソフトSMみたいことを求められるかも……。

そう思うとセカンド・バージンを卒業したばかりの軀がゾクッと、美咲自身戸惑うほど熱くうずいた。

初出一覧

年上の人 教えてあげる……『特選小説』2001年8月号掲載
「淫ら色の夏」を加筆修正・改題

美人女医の秘密……掲載誌不明
「女医・美弥子」を加筆修正・改題

女教師乱れて……『特選小説』2001年4月号掲載
「性春」を加筆修正・改題

淫する……『特選小説』2001年12月号掲載
「淫する」を加筆修正

隣家の若妻……『特選小説』2023年1月号掲載
「覗く下宿部屋」を加筆修正・改題

セカンド・バージン……『特選小説』2003年2月号掲載
「セカンド・バージン」を加筆修正

◉新人作品**大募集**◉

マドンナメイト編集部では、意欲あふれる新人作品を常時募集しております。採用された作品は、本人通知のうえ当文庫より出版されることになります。

【応募要項】 未発表作品に限る。四〇〇字詰原稿用紙換算で三〇〇枚以上四〇〇枚以内。必ず梗概をお書き添えのうえ、名前・住所・電話番号を明記してお送り下さい。なお、採否にかかわらず原稿は返却いたしません。また、電話でのお問い合せはご遠慮下さい。

【送付先】 〒一〇一-八四〇五 東京都千代田区神田三崎町二-一八-一一 マドンナ社編集部 新人作品募集係

年上の人教えてあげる

としうえのひとおしえてあげる

二〇二四年 三月 十日 初版発行

著者◉雨宮慶【あまみや・けい】

発行◉マドンナ社

発売◉二見書房 東京都千代田区神田三崎町二-一八-一一

電話 〇三-三五一五-二三一一(代表)

郵便振替 〇〇一七〇-四-二六三九

印刷◉株式会社堀内印刷所 製本◉株式会社村上製本所 落丁・乱丁本はお取替えいたします。定価は、カバーに表示してあります。

ISBN978-4-576-24003-9 ◉ Printed in Japan ◉

絶賛発売中

淑妻調教

雨宮 慶 Amamiya,Kei

現役官僚である悠一郎は3年前に元キャスターで現国会議員の沙耶香と結婚。彼にはM志向があったのだが妻には言えないままにプロの女王様相手に鬱憤をはらしていた。また沙耶香の方も実はSなのに隠していた。悠一郎はついに妻に告白するが、妻も欲求不満から秘書と関係を持つ過程で新たな喜びに目覚め、二人で偏執的な行為に溺れていく。書下し官能。